빨간 머리카락
마담의 숙소

할머니의 우아한 세계 여행, 그 뒷이야기

빨간 머리 카락 마담의 숙소

할머니의 우아한 세계 여행, 그 뒷이야기

펴낸날 | 2021년 11월 19일

지은이 | 윤득한
옮긴이 | 츠치다 마키(박진수)

편집 | 김동관
삽화 | 윤재연
마케팅 | 홍석근

펴낸곳 | 도서출판 평사리 Common Life Books
출판신고 | 제313-2004-172 (2004년 7월 1일)
주 소 | 경기도 고양시 덕양구 중앙로558번길 16-16, 7층
전 화 | 02-706-1970 팩 스 | 02-706-1971
전자우편 | commonlifebooks@gmail.com

ISBN 979-11-6023-290-5 (03810)

* 책에 서울 마포구에서 제공한 마포 금빛나루 서체를 사용했습니다.

빨간 머리카락
마담의 숙소

할머니의 우아한 세계 여행, 그 뒷이야기

윤득한 지음

츠치다 마키 옮김

평사리
Common Life Books

여름날 하늘

신비한 만남이여

이국을 간다

夏の天出會いの不思議や異國往く

세계가 크게 요동치려던 1970년대 초, 사람들이 반전운동, 사랑과 평화와 자유, 자연 회귀, 음악과 시로 기성의 가치관으로부터 탈출하기 위해 행동하던 시절이었다. 다행히 나는 그러한 시대에 일을 따라 외국 여행할 기회를 얻었다. 당시 여러 나라, 여러 장소에서 만난 사람들, 그 사람들과 겪은 사연들, 그리고 계절의 변화와 마음에 기록된 인상이 함께 어우러진 풍광들을 '하이쿠'로 남겨 놓았다. 지금의 젊은 사람들이 마치 사진을 찍어 놓는 것처럼 말이다. 시간은 순식간에 흘러 버렸지만 때마다 적어 두었던 '하이쿠'를 보면 희한하게도 그 당시 사람들 얼굴과 정경이 눈앞에 선하게 되살아온다.

남이 물으면

이슬이라 답하라

동의하는지

人間ば露と答へょ合点か

　지금이 되서야 하이쿠 시인 고바야시 잇사(小林一茶)의 시가 가깝게 와 닿는다. 세상 구석구석을 다니며 언어가 다르고 생김이 다른 친구들을 사귀어 보았다. 다른 인생에 비추어 지나온 내 삶의 족적을 다시 헤아려 보고 싶었다. 메모로 남겨 놓았던 하이쿠 구절을 주섬주섬 모았다. 어느덧 구십대에 들어 선 나에게 그 글씨가 뭐라고

쓰였는지 알아보는 것만 해도 나에게 큰 노동이었다. 어
떤 것은 휴지 조각에, 어떤 것은 영수증에, 신문 쪼가리
에, 각각의 여행지에서 쉽게 얻을 수 있는 메모지에 마
구 갈겨쓴 하이쿠가 가득이라서 알아보기도 힘들고 정
리하기도 힘들었다.

"과연 난 뭣 하러 이 짓을 하는 걸까?"
구깃구깃해진 종이를 펼쳐 보며 내게 질문도 해 보
았다.
"삶은 우리가 무엇을 하며 살아왔는가의 합계가 아니
라, 우리가 무엇을 절실하게 희망해 왔는가의 합계이다"

라고 하이쿠의 매력에 빠졌던 스페인의 지성 호세 오르테가 이 가세트(José Ortega y Gasset)도 말하지 않았는가. 하이쿠를 쓰던 순간부터 내가 느낀 찰나의 감동을 사람들과 나누고 싶었던 것, 아니겠는가?

모든 인생은 크게 다르지 않으므로.

어느 여름날 아침, 도쿄에서

윤득한 씀

차례

처음 온 로때
해질녘의 골목길
쌀쌀하구나

빨간 머리카락 마담의

숙소

로마, 1970년 가을, 내 나이 마흔하나

1970년 가을, 첫 여행의 설렘을 안고 도착한 파리의 민박집에서 며칠 유숙한 뒤 이탈리아의 로마에 도착했다. 파리에서 신세를 졌던 민박집의 주인이 나름 알아서 로마의 숙소를 예약해 줬다. 로마 국제공항에 도착한 후, 바로 택시 운전기사에게 주소가 적힌 메모지를 보여 주고 출발했다. 골목길을 여럿 돌아서 구석에 자리한 큰 저택 앞에 차가 섰다.

"도착했어요! 여기예요."

택시 기사는 그렇게 말하고 짐을 서둘러 내리고는 떠나 버렸다. 처음 와 본 낯선 곳에서 뭔가 좋지 않은 예감이 들었다. 나는 당연히 숙소 같은 집의 초인종을 눌렀다. 멀리 종소리가 들리며 큰 문이 열렸고 얼굴이 길쭉하고 배가 불뚝 튀어나온 남자가 불쑥 나타났다. 나는 상냥하게 웃으며 '이것이 파리에서 예약한 숙소의 주소 메모'라고 보여 줬다. 그런데 그는 주소를 보지도 않고 고개를 가로저으며 이탈리아어로 무엇인가 한마디 한 후, 쾅! 하고 문을 닫아 버렸다.

'아니, 뭐야 이건?'

어느새 해가 져 어두워지고 있었고 불안해진 나는 다시 초인종을 눌렀다. 곧 문이 열렸지만 이번에는 화난 표정으로 아니라는 시늉을 하고 다시 문을 닫아 버렸다. 나는 미친 듯이 종을 눌러 남자를 불렀고 주소가 적힌 메모지를 그의 눈앞에 내밀며 설명했다.

"이거 보시라고요! 분명히 주소가 여기로 되어 있지 않나요?"

하지만 남자는 영어를 못 알아들었다. 다시 남자가 문을 닫으려 하자 나는 닫지 못하게 막았다. 남자의 얼굴색이 변하고 언성이 높아졌다. 나는 영어로 그는 이탈리아어로 서로 손짓 발짓하면서 말을 했지만 목소리만 점점 커져 갈 뿐이었다. 남자는 내 팔을 끌어당겨 건물 안으로 들어갔다. 나는 남자의 손에 이끌려 그 집의 방으로 들어갔다. 남자는 방을 가리키며 뭐라 뭐라 소리쳤다. 그리고 욕실과 부엌 등을 둘러봤다. 그 순간 남자의 보디랭귀지가 들리기 시작했다.

"여기는 호텔이 아니라고, 보면 몰라? 가정집이야. 이 멍청한 여자야! 몇 번 말해야 아는 거야? 따지려거든 뭘 알고 따지라구……!"

나를 현관문에 내던지듯 밀어내고 쾅! 하고 문을 닫는 남자. 나는 황당했다. 목소리가 높았는지 주변에 호기심 어린 로마의 토박이들이 어느새 모여들었다. 어떻게든 이 위기를 모면해야 했기에 구경하는 아이들에게 소리쳤다.

"누구 영어를 할 줄 아는 사람?"

그러자 한 소년이 "예스 아이 캔!" 하고 바로 대답해 줬다. 나는 당장 소년에게 쫓아가 메모지를 보여 줬다.

"이 주소는 바로 이 골목의 뒤쪽이에요."

소년은 메모지에 '숙소는 이 골목에 들어가서 바로 막다른 곳'이라고, 이탈리아어로 주의 사항이 적혀 있다고 설명해 줬다. 그리고 나의 여행 가방을 들고 길을 안내해 주었다. 또 하나의 여행 가방을 내가 들었다. 나는 그만 믿고 뒤를 따랐다. 작은 어깨였지만 어찌나 든든해 보이던지.

골목에 들어서자 숙박 시설과 같은 건물이 보였다. 소년은 저기라고 가리켰다. 싸구려 티가 나는 외관을 보고 실망하며 가파른 계단을 올라가 층계참 정면에 있는 문을 힘껏 열었다. 방 정면에 귀신같이 빨간 머리를 곤두세우고 얼굴에 밀가루를 처바른 듯 하얀 여자가 혼자 앉아 있었다.

'이건 또 뭐, 뭐야!'

수상한 냄새가 풍겼다. 본능적으로 뒷걸음질하는데 숙소 사람들 대여섯이 내게 다가왔다. 바짝 긴장한 나에게 중년 여성이 유창한 영어로 말을 걸어왔다.

"왜 그러세요? 어디 아프세요? 여기는 아주 좋은 숙소입니다. 식사도 맛있고 아주 편리한 곳이랍니다."

여기 있는 사람들은 건설 중인 아파트에 입주할 날까

지 임시 숙소로 쓰고 있다는 것이었다. 자신은 2차 대전이 끝난 뒤 알제리에서 귀환했고 국영 아파트의 추첨에 당첨되어서 지금은 아들딸과 함께 대기 중이라고 했다. 그때가 1970년이었으니 이탈리아도 한참 전후 부흥기였다. 나중에 알게 되었지만 빨간 머리를 한 마담은 한때 이 나라에서 이름을 날리던 가수였고, 덩치가 크고 키 큰 남편은 옛날 무솔리니의 조리사였다. 둘은 이 숙소의 오너 부부였다. 무솔리니는 측근의 부하들을 덩치가 큰 사람들로만 뽑았다며 조리사마저 덩치가 큰 사람을 골랐다고 한다.

저녁 식사 시간이 되었다. 한 남성이 귀한 손님이 왔으니 테이블에 식탁보를 깔아야 한다고 제안했다. 테이블에 식탁보를 까는 것은 귀한 손님이 올 때나 하는 일이었다. 옆에 있던 사람도 동의하며 말했고 너도 나도 나를 환영하며 식탁보를 깔자고 했다.

"그래! 식탁보를 깔자! 동양에서 온 공주가 함께하는 자리니까 말이지."

유숙 중인 사람들은 반짝반짝 호기심에 찬 눈으로 나를 바라봤고, 영어가 유창한 중년 부인이 그들의 대화를 통역해 줘서 모두와 금방 친해지게 되었다. 만찬의 요리는 풀코스였다. 무솔리니가 보장한 조리사의 솜씨라 역시 맛은 뛰어났고, 평상시에 소식하는 나지만 맛있는 음식을 사양하는 게 쉽지 않아 꽤나 먹었다. 유쾌한 식사 후 후식까지 마친 그들은 "자, 이제 산책하러 갑시다!"라고 제안했다.

"물론 기꺼이 오케이!"

영어를 잘하는 중년 부인과 두 아이는 좋은 시간을 가지라며 우리를 미소로 배웅했다. 숙소에 묵고 있는 남자 넷은 나를 가운데 두고 서로 서로 팔짱을 꼈다. 좁은 골목에 다섯 명이 옆으로 나란히 길을 막았는데도 신경을 쓰지 않고 노래 부르면서 활보했다. 나는 마치 어린아이처럼 신이 나서 팔짝팔짝 뛰었다. 여관의 남자 네 명과 몇 군데 바(bar)를 돌아다녔다. 한국에서는 2차나 3차쯤일 것이다.

"자, 여기 동양에서 온 공주님!"

그들은 나를 '동양에서 온 공주'라고 바 안 사람들에게, 또 옆 손님에게 쾌활하게 소개했다. 어느새 나는 '동양 공주'로 불렸고 그렇게 불리니 진짜 공주가 된 기분이었다. 밤의 시간이 어떻게 지났는지 모를 정도로 흥분되고 재미있었다.

다음 날 조식을 마치고 외출할 때에도 설레는 말을 해왔다.

"돌아오면 같이 식사해요. 늦지 말아요."

그날 밤도 함께 전직 무솔리니 요리사의 황홀한 요리를 맛보고, 팔짱을 끼고선 밤마실을 나갔다. 그렇게 매일매일의 포복절도할 해프닝을 겪으면서 6박 7일 동안 즐거운 시간을 보냈다. 시간이 흐른 만큼 어느덧 이별도 가까워졌다. 나는 로마역에서 베네치아로 가서, 히다 선생과 그 일행을 만나기로 되어 있었다. 첫 로마 여행에서 만난 사람들이라 헤어지는 게 너무나 섭섭했지만 어쩔 수 없었다.

빨간 머리 마담과 숙박비를 정산하고 있을 때다. 풍부한 여행 선배인 히다 선생은 이탈리아에서 돈을 지불할 때 항상 반값으로 깎아서 교섭하라고 충고해 줬기 때문에 나는 충고를 따라 숙박비를 흥정하고 있었다. 그런데 이 모습을 본 유숙하던 친구들은 내가 숙박비가 없어서 그러는 줄 알고 내 숙박비를 함께 내려고 의논하고 있었다.

'돈이 없어서 깎으려는 건 아닌데…….'

나는 그들의 성의에 깜짝 놀랐다. 나는 즉시 그들을 가로막았다.

'여러분 성의는 감사합니다만 돈이 없어서 깎는 게 아니랍니다.'라고 생각하고 있었지만 입에서는 다른 말이 나왔다.

"감사합니다! 여러분의 다정함, 우정은 평생 잊지 않겠습니다. 저의 마음속에 꼭 기억해 두겠습니다!"

결국 그들은 내 숙박비를 대신 내줬다. 마담은 할인해 주겠다고 말했다. 흥정하고 돈 깎는 일이 이탈리아에서는 흔히 있는 일이라 해도 지불할 돈이 없어서도 아닌데 대신 지불해 주는 사람들을 보니 몹시 부끄러웠다. 에구구, 이 요사스런 입! 왜 확실히 말하지 않을까? 나는 생각과 다르게 말하는 내 입의 개별 행동에 놀라며 그 돈을 돌려주려고 했지만 기회는 없었다.

"자, 다 같이 마리아를 기차역까지 배웅하러 갑시다!"

그들은 환하고 씩씩하게 내 여행 가방을 들고 모두가 앞서 출발했다.

"또 오세요. 언제든지 대환영입니다."

빨간 머리 마담도 그렇게 말하면서 미소를 지으며 손을 흔들었다. 여관 주인은 처음 봤을 때 마귀할멈 같더니 자꾸 보니 괜찮은 얼굴이다. 얼떨결에 활달하고 즐거운 로마 사람들의 배웅을 받으며 정신없이 기차역까지 도착했다. 기차역까지 마중 나온 사람들은 한 사람씩 내 뺨에 키스를 해 주었다. 여러 사람과 그런 인사를 하고 나니 뺨이 얼얼했다. 활달한 그들의 에너지 때문일까, 정신이 하나도 없었다. 숙박비를 다시 돌려줘야겠다는 마음은 완전히 잊어버렸다. 동양에서 온 공주는 그들과의 이별이 너무나 가슴 아팠다.

"편지 꼭 쓸게요. 여러분도 편지를 주세요."

그리고 마중 나온 팬들에게 그동안 배운 이태리 말로 그들의 성의에 보답했다.

"그라치에, 아리베데르치, 차오!(고마워요, 안녕, 또 만나요!)"

표정을 보니 그들은 동양 공주의 이태리 말에 감동한 듯했다. 콧속이 뻥 뚫리고 눈시울이 뜨거워지며 눈물이 날 뻔했다. 기차에 오른 공주는 손을 힘껏 뻗어 흔들었다. 그리고 전송 나온 여러분의 성원에 답례하기 위해 손 키스를 그들에게 날려 보냈다.

안녕! 여러분! 안녕! 이탈리아!

아쉬움을 뒤로하고 로마역에서 기차를 타고 베네치아로 갔다. 히다 선생 일행과 만나 스페인, 포르투갈을 거쳐 뉴욕에 갔다가 도쿄로 돌아왔다. 내 첫 여행의 잊을 수 없는 기억이다.

그들이 보고 싶어 크리스마스카드를 모두에게 두 번이나 보냈다. 하지만 그들로부터 아무런 답변이 없었다. 히다 선생 얘기를 들어 보니, 이런 경험은 이탈리아 친구들과는 흔하다고 했다.

그때 내 나이는 마흔한 살이었고, 바쁘게 살아 온 인생에 허무함이 스멀스멀 피어나던 때 나는 여행을 시작했다. 난 그 후로 쭉 기회가 닿을 때마다 여행했다. 일 년에 몇 번이라도 틈이 보이면 곧잘 여행 가방을 쌌고, 민박을 하며 현지의 친구들을 사귀었다. 세상 각처의 사람들을 직접 만나서 배우는 것만큼 값진 배움은 어디에도 없었다.

처음 온 로마

해질녘의 골목길

쌀쌀하구나

初のローマ黄昏の路地冷え冷えと

3년 후 다시 로마를 찾았다. 그리운 누군가를 볼 수 있을런지 기대가 컸다.

"거기 마리아 아냐?"

그렇게 누군가가 나를 부르는 목소리가 돌길 어느 모퉁이에서 들리길 기대했지만 환상이었다. 안개비에 젖어 가며 숙소가 있던 장소를 헤맸지만 이전의 모습은 흔적마저 없었다. 빈 골목에 함께 어깨동무를 하고 불렀던 노랫소리는 어디에선가 시간을 되돌려 먹먹하게 울리고 있었다.

나는 "동양에서 온 공주"였다.

흐릿한 봄날
사랑의 행방이여
머리의 친구

몽파르나스의 연인

파리, 1971년, 내 나이 마흔둘

1971년, 일본에서 내 이름을 걸고 오리지널 액세서리 사업을 하고 있었다. 액세서리 시장의 마케팅 조사를 핑계로 그렇게 동경해 오던 파리에서의 민박 생활을 시작했다. 당시 파리는 우아하고 차분한 분위기가 매력적이었다. 그 무렵 세계적인 작가들과 음악가들이 조국을 떠나 파리에 살고 있었다. 그들이 만들어 내는 분위기와 함께 역사적인 유적들이 가지런한 거리 풍경은 너무도 근사했다. 아침의 떠들썩함, 신문을 열심히 읽는 신사들, 카페오레와 갓 구운 빵 냄새, 황혼의 빛과 어둠이 교차하는 길거리. 몽파르나스에 있는 값싼 민박집이었지만 파리의 미드타운에 나의 방이 있다는 게 꿈만 같았다.

액세서리 시장을 조사하고 쇼핑을 한 뒤, 돌아오는 길에 집 근처 뒷골목 식품 가게에 들러 좋아하는 반찬을 고르고 파리의 내 방에서 저녁을 먹으며 새롭게 떠오른 액세서리 디자인을 스케치북에 옮기는 게 그때 나의 일과였다.

저녁 반찬을 고르는 것은 재미난 일의 하나로, 내가 들르던 곳은 대개 정해져 있었다. 그곳에서 어느 젊고 멋진 커플과 우연히 자주 만나곤 했는데 남자는 알랭 들롱 저리 가라 할 정도로 미남이었고 여자는 긴 머리가 무척 매력적이었다. 그 날도 이 젊은 커플과 마주쳤고 나는 말을 걸었다.

"그 반찬 맛있나요?"

젊은 커플은 자신들이 산 반찬을 바라보며 답한다.

"예! 아주 맛있으니까 안심하고 먹어 보세요."

그쪽도 기다렸다는 듯이 답한다. 공통된 화제로 말을 걸어 보는 게 낯선 친구를 사귀는 방법이다. 우리는 금방 친구가 되었고 내 파리 생활은 더 풍요로워졌다.

한번은 그녀, 조젯의 스물두 살 생일날이었다. 생일 파티를 함께하기로 하고 쇼핑을 했다. 와인과 치즈, 그리고 바게트도 준비하여 나선형 계단을 밟고 그들의 방에 올라갔다. 둘의 집은 파리의 전형적인 7층 건물에 있는 다락방이었다. 과일 상자를 책꽂이나 테이블을 대신하여 잘 쓰고 있었다. 그들의 외적인 아름다움에 비해 그들의 공간은 초라했지만 그리 거슬리지 않았다. 언제나처럼 나의 영어와 미숙한 불어가 그들의 불어와 영어에 섞이면서 서로가 통하는 즐거운 시간이었다. 마음만 통하면 제스처를 자연스레 섞어 주고받는 대화는 점점 활기를 띤다. 어느새 와인 병이 다 비었다.

피에르는 이를 알아채고 금세 방에서 튀어나가 계단을 두 개씩 건너 내려갔다. 피에르는 조젯보다 두 살 많은 스물네 살이었다. 얼마 후 다시 두 계단씩 꼭대기 7층까지 뛰어올라왔다. 문을 열고 싱긋 웃으며 숨을 몰아쉬는 그의 팔에는 와인 두 병이 안겨 있었다. 나는 감탄하며 물었다.

"어떻게 그렇게 빨라요?"

조젯은 피에르라면 당연하다는 표정이었다. 조젯은 내가 왜 그렇게 감탄하는지 알지 못했을 거다. 외국에서 만난 친구들은 서로 나이를 물어보지 않으니까 그때까지만 해도 서로가 나이를 몰랐다. 마흔하고도 두 살이 더 많았던 나는 젊음과 멀어지면서 젊음이 보이기 시작한 때였기에 그 젊음이 부러웠다. 젊어서는 젊음이 얼마나 소중한지 잘 모른다. 나는 스물한 살에 첫 아이를 낳고, 조젯 나이에는 둘째를 임신하고 있었다. 남편은 나보다 여섯 살이 많았는데 굉장한 미식가여서 먹는 걸 좋아했다. 일찍이 남편 배는 둘째를 임신한 나만큼 불룩했다.

알랭 들롱을 닮은 피에르가 물었다.

"한 달에 한 번 있는 무료 콘서트가 내일 열려요. 함께 가지 않을래요?"

"어떤 음악인데요?"

"클래식이에요. 장소가 뭐니 뭐니 해도 노테르담 성당이니까요. 음향이 아주 훌륭해요."

"오호, 너무 기대되는데요!"

다음 날, 바로 노테르담 성당으로 함께 향했다. 당시 성당 주변 벽이나 기둥에 드골 대통령의 얼굴과 함께 정치를 비판하는 낙서가 여기저기 붙어 있었다. 성당 안으로 들어가 굵은 기둥 주위에 자리 잡고 앉았다. 셋은 클래식 연주에 몸과 마음을 맡겼다. 피에르가 말한 대로 장대한 석조 건물이라서 울림이 기막혔다. 공간과 음악에 취한 커플, 근처에 사는지 편한 평상복 차림인 사람들…… 즐기는 모습이 다양했다. 당시 1970년대 전반은 히피 문화의 전성기, 러브 앤 피스의 시대여서인지 공연을 보러 온 사람들은 다들 자유로운 복장으로 자기만의 세계에 빠져 있었다. 마음이 맑아지는 음악회가 끝나고 사람들은 각자 돌아갈 곳으로 향했다. 공연은 끝났지만 무대 장치가 너무나 아름다워서 우리 셋은 서로 바라보며 그 지복의 시간을 음미했다. 젊고 아름다운 그들과 좀 더 있고 싶다는 생각으로 말했다.

"우리 식사 같이할까요? 제가 초대하는 거예요! 먹고 싶은 음식이 있나요?"

나는 두 사람을 식사에 초대했다. 그들은 분위기가 가정적인 음식점을 골랐다. 저녁 안개 위에 떠 있는 노테르담 성당의 위용과 묵묵히 흐르는 세느강을 바라본다. 세느강은 얼마나 많은 연인들의 마음을 안아 주었을까?

아폴리네르의 〈미라보 다리〉라는 시가 살아 있는 듯 느껴졌다. 파리의 10월 굴은 진짜 맛있었다. 신선 그 자체였다. 둘은 굴을 먹으며 "평소에 먹기 어려운 음식인데……"라며 미안해했다. 끝없이 이야기꽃을 피우며 파리의 밤이 깊어 갔다.

얼음덩어리

부딪치며

굴을 먹었네

氷塊のぶつかり合いて牡蠣喰へり

달팽이 가득

담겨 서늘한

은쟁반

エスカルゴ盛られて涼し銀の血

일본 집에 돌아와 다시 동경의 일상으로 바빠졌다. 해가 바뀌고 비가 연속으로 삼 일째 내리던 어느 날, 피에르에게서 두 번째 편지가 왔다. 첫 번째 편지는 영화 출연이 결정이 돼서 무척 기대가 된다는 내용이었다. 나는 당연하다고 생각했다.

"당신처럼 잘생기면 서 있기만 해도 충분하지 않겠냐?"고 농담을 했던 기억도 났다. 그 모습이 얼마나 멋졌는지, 특히나 고개 숙인 옆모습에서 우수에 찬 느낌이 들었던 것도 잊을 수 없다.

두 번째 편지는 너무나 슬픈 소식이었다. 피에르가 정말 사랑하던 조젯이 교통사고로 죽었다고 했다. 어찌 그 나이에! 편지 봉투에 절망감이 스며 있었다.

"그녀와 당신, 그리고 나까지 이렇게 셋으로 지낸 몽파르나스에서의 짧은 기억이 나에게 바꿀 수 없는 소중한 시간으로 되살아왔다."

그렇게 서로 사랑하던 둘을 인생에서 두 번 다시 볼 수 없다는 사실은 깊은 슬픔 속으로 나를 가라앉게 했다. 슬픔은 분노가 되었고 한동안 그렇게 그녀를, 그를 마주해야만 하는 나날이었다. 피에르는 그렇게도 독하고 아픈 젊음을 보냈다. 젊고 아름다운 조젯의 모습이 아직도 영화의 한 장면처럼 지금도 내 눈꺼풀 위에 남아 있다.

흐릿한 봄날

사랑의 행방이여

파리의 친구

花曇り愛の行方やパリの友

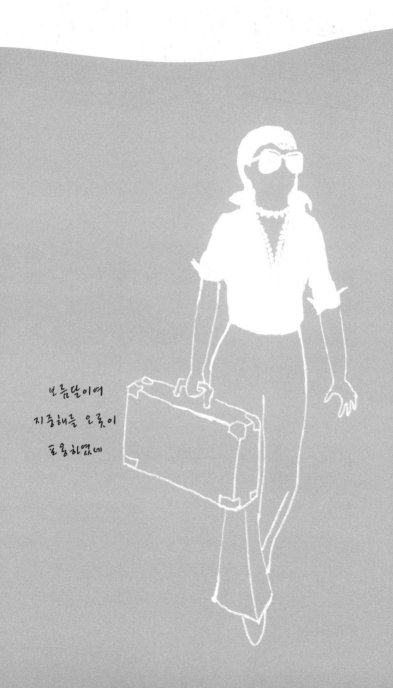

보름달이여
지출해를 오롯이
도움하였네

칸초네를 부른 의사

시실리, 1978년, 내 나이 마흔아홉

긴자 미츠코시 백화점에 내 이름의 오리지널 액세서리 가게를 오픈하고 다른 백화점에서도 가게를 오픈해 달라는 요청을 받던 때다. 생각해 보면 그 많은 일을 어떻게 해냈을까? 그렇게 바빴던 즈음 프랑스인 친구 애니를 만났다. 애니와 첫 만남은 그녀가 일본의 프랑스 대사관에서 일할 무렵, 어학원에서였다. 애니와 나는 영화 취향이나 자연 감상 등 취미나 생각이 잘 맞았다. 바쁜 일과였지만 점심에 애니와 만나 식사하고 오모테산도의 네즈 미술관 안뜰을 산책했다. 애니도 나도 그 코스를 좋아했다. 그녀가 프랑스로 귀국한 후에도 우정은 이어졌고 파리에 갈 때마다 애니의 집에서 묵곤 했다.

어느 해인가, 내 가족은 팽개쳐 두고 애니 가족과 함께 시실리섬에 있는 지중해 클럽으로 여름 바캉스를 다녀왔다. 지중해 클럽에서 오후는 스포츠로 보냈고, 저녁 식사를 마치고 8시쯤부터는 연극, 콘서트 등 엔터테인먼트로 재미있었다.

큰 호텔형 숙박 시설 이외에 단독 주택 열 개 동이 나란히 한 마을을 이룬 곳이었다. 그중 한 집이 우리 숙소였다. 지중해 클럽 자체가 하나의 마을 같았고 대강당이 있어서 월드 축구 등의 라이브 중계를 볼 수 있었다. 이탈리아팀의 축구 중계가 있으면 난리가 났다. 응원이나 관전을 하려는 사람들이 자리를 잡으려고 재빠르게 움직이곤 했다. 유럽인들의 축구에 대한 열정은 바로 열광 그 자체였다. 우연히도 그날, 이탈리아가 참가한 시합을 중계하는 터라 축구를 딱히 좋아하지 않는 나도 사람들의 열광에 말려 관전 장소로 이동하고 있었다. 얼마나 서둘렀는지 사람들의 흐름에 휩쓸려서 불과 세 단밖에 안 되는 계단에서 발이 미끄러져서 넘어졌다. 순간 복사뼈부터 머리까지 통증이 관통했다.

"아야!"

나는 큰 소리를 지르며 떼굴떼굴 굴렀다. 근처 젊은이들이 바로 다가왔고 한 사람이 나를 끌어 세우고 업어서 의무실까지 옮겼다. 습포로 응급 진통 처치를 받고 애니의 도움으로 숙소에 겨우 돌아왔다. 진통제를 먹고 찜질해도 삔 복사뼈는 더 부어오르기만 했다. 밖에는 축구에 열광하는 함성 소리가 높은데 숙소에서 혼자 낑낑대는 내가 좀 한심스러웠다.

"쳇, 이 꼴이 뭐람!"

다음 날 아침 애니는 클럽에서 차로 30~40분 거리인 라구자에 있는 산타마리아 병원에 나를 데려갔다. 과연! 병원임에도 높은 천장, 넓은 복도는 역사와 전통이 고스란히 살아 있었다. 처치실에 들어갔다. 의사 둘이 점토질 석고를 야구공 크기로 잘라서 빚고 또 잘라 떼서 주먹밥 크기로 쪼개고 있었다. 그러고 나서는 내 발목쯤으로 의사 한 명, 머리쯤으로 다른 의사 한 명이 다가와 서더니, 캐치볼을 시작했다. 누워 있어서 천장만 보이는데 내가 누운 위로 공이 왔다 갔다 했다.

"아픈 사람을 가운데 두고 장난치는 건가요? 시실리에 이런 치료법도 있어요?!"

나는 환자를 가운데 두고 캐치볼하고 있는 몰상식한 행동에 화가 나서 소리쳤다. 의사들은 전혀 쫄지 않고 웃으며 당당하게 말했다.

"이 작업은 석고 붕대를 단단하게 고정하려고 점토를 확실하게 빚는 요령 중에 하나입니다. 오해하지 마세요!"

찡긋 윙크를 보내는데 입을 다물고 말았다.

캐치볼이 끝나자 내 왼발의 복사뼈부터 무릎 위까지 석고 붕대를 감았고 입원하게 되었다. 휠체어를 탄 나에게 방들을 보여 주며 맘에 드는 방을 고르라고 했다. 나는 어린이 환자용 방을 택했다. 거기에는 아이들이 있어서 애들의 엄마도 함께하니 분위기가 밝았다.

저녁 식사 시간이 되니 우르르 부모, 형제, 친족 등 수많은 문병객들로 병원 복도는 마치 번화한 대로변처럼 북적거렸다. 이탈리아인, 특히 시실리 사람들이 가족 간의 정을 얼마나 소중히 여기는지를 목도하게 되었다. 문병객들은 나를 신기한 듯 돌아봤다. 시골 병원이라 그런지 동양인인 내가 신기한 모양이었다. 눈이 서로 맞으면 갑작스레 미소를 띠고, 고개를 끄덕이면 말을 걸어왔다. 피하거나 사양하지 않고 조금이라도 대화하고 싶어 했다. 병원 식사는 맛났지만 소식하는 나에게는 양이 많은 편이었다.

"이거 아직 손대지 않았는데 좀 드릴까요?"

나는 좀 익숙해진 이태리어로 그들에게 친근하게 신호를 보냈다.

이탈리아인들의 식욕은 역시 왕성했다. 그들은 좋아라 하며 내가 남긴 요리를 받아먹었다. 간호사들도 사무적인 투가 아니라 자신이 내 담당이라며 나를 돌보는 게 감투라도 되는 것처럼 싱글거리며 부드럽고 친절하게 돌봐 줬다. 덕분에 통증이 가라앉았고 곧 퇴원도 하게 되었다. 애니가 병원으로 마중 나와 퇴원을 준비하는데 치료비를 걱정했다.

"치료비가 많이 나올 수 있겠네……."

"걱정 마, 그 정도의 돈은 있으니까."

대답은 자신 있게 했지만 솔직히 불안했다. 준비를 마

치고 정산 창구가 있는 넓은 현관으로 가니 의사 두 명과 간호사 셋이 나를 배웅하려고 싱글벙글 웃고 서 있었다. 나는 입원비를 물어봤다. 그쪽에서 못 알아들은 것 같아 다시 한 번 정산을 부탁한다고 말했다.

"예?"

그랬더니 또 못 알아들었다는 듯 웃기만 한다. 주변 사람들도 따라서 미소 지었다. 그러고는 갑자기 만면에 미소 띤 얼굴로 양손을 하늘 가득 벌리는 액션으로 노래하듯 말했다.

"프레젠또!"

그건 마치 나에게 바치는 칸초네 같았다.

"치료비는 안 받을게요. 이게 당신에게 주는 우리의 선물입니다."

아니, 내가 뭘 했다고?

"당신이 여기 머무는 동안 모두가 아주 즐거웠어요. 이제 다치지 말아요."

잠시 아연했다. 다행이라고 해야 하는 것인지 미안하다고 해야 하는 것인지, 아무튼 아쉬움(?)을 남기고 지중해 클럽으로 돌아왔다. 내 방이 단독 주택에서 언덕 위

신축 호텔로 바뀌었다. 부대시설을 이용하기 편리한 곳으로 옮겨 주었다. 다음 날 기다리던 엔터테인먼트를 만끽하고 나니 두 명의 청년이 내 휠체어를 익숙한 솜씨로 밀어 주었다. 언덕 위 내 방으로 돌아가기까지 가파른 오르막길이 있었다. 둘이 내는 거친 숨결로 그들이 꽤 힘들다는 걸 알 수 있었다. 언덕을 다 오르고 둘은 땀으로 흠뻑 젖었다. 흠뻑 젖은 근육질 청년들의 모습이 섹시했다.

"어머나, 나 때문에 땀을 참 많이도 흘렸네요."

"어차피 땀을 흘리기 위해 이 지중해 클럽에 와 있어요. 이것도 운동의 연장이지요!!"

대답도 섹시했다. 이때였다.

"저기 보세요!"

한 청년이 달을 가리켰고 나는 지중해 위로 두둥실 떠 있는 달을 바라보았다. 달은 너무나 따뜻하고 상냥하게 빛나고 있었다.

"아름다운 달빛 아래에서 지중해를 볼 수 있다니, 얼마나 큰 행운인지요."

청년이 그렇게 말했다. 지중해가 달을 품고 있었다. 이 아름다운 광경, 그리고 이 행복한 느낌은 뭘까?

클럽 지중해

화려한 불빛이여

초저녁 여름

クラブメット灯りの華や夏の宵

보름달이여

지중해를 오롯이

포옹하였네

滿月や地中海そのまま抱擁せり

한 달 동안 휠체어로 지낸다면 아무래도 클럽 스태프들에게 신세를 더 지게 될 것 같고 미안하기도 해서 귀국하기로 결심했다. 클럽은 나리타 공항까지 일등석을 끊어 주었다. 그리고 도우미가 동반하여 일본까지 따라왔다. 도우미는 일반석에서 가끔 나의 상태를 확인하러 일등석으로 와서는 요모조모를 살펴 주었다. 시실리섬에서 파리로 왔고, 비행기를 갈아타기 위해 샤를 드골 공항 인근 호텔에서 1박을 한 뒤 나리타 공항으로 향하는 코스였다. 애니로부터 전갈이 있었는지 아들들이 공항으로 마중 나왔다. 아들들이 나를 발견하자 급히 뛰어왔다. 휠체어를 타고 온 나를 위로 아래로 훑어보더니 실망한 기색이다.

"멀쩡해 보이는데? 꾀병 아니야?"

내가 중태인 줄 알고 꽤나 걱정을 한 모양이었다. 도우미는 나를 집까지 모시는 게 계약이라고 했지만 나리타에서 헤어지기로 했다. 그리고 아들의 성화로 공항에서 바로 예약해 둔 병원으로 직행했다.

의사들은 내 무릎 위까지 덮인 석고 붕대를 보면서 뜻밖에 '허~'라고 한숨을 쉬었다. 톱 같은 기구를 써서 석고 붕대를 잘라 냈다. 시실리의 의사가 열심히 캐치볼하면서 제작한 석고라서 빼기도 힘든가 보았다. 겨우 '파삭' 하고 열린 순간, 의사들은 웃음을 터트렸다. 요렇게 조금 삔 데에 이렇게 웅장한 석고 붕대라니 아무래도 심했다는 표정이었다.

"일본에서는 복사뼈로부터 10센티미터 크기의 석고 붕대면 충분합니다. 이건 이탈리아인들의 예술적 감각이 느껴집니다. 이건 작품입니다. 농담이 아니라, 이건 기네스급입니다."

그날 밤, 애니에게 미안한 목소리로 전화가 왔다. 내가 바캉스 와서 괜히 고생만 한 거 같다고. 나는 걱정하는 애니를 안심시키며 말했다.

"무슨 소리! 덕분에 너무나 소중한 시간이었어!"

"그렇게 말해 주니 고맙지만 미안한 마음이 생기는 건 어쩔 수 없네."

"내가 없는 말 지어내는 거 봤어? 진심이야!"

그렇다. 나는 직설적이고 솔직한 편이다. 마음에 없는 소리는 하지도 못할뿐더러 상대방 기분을 살펴 이리저리 돌려 말하지도 못한다. 일본 사람들은 그렇다는 건지 아니라는 건지 알 수 없는 미묘한 뉘앙스로 말을 뱅뱅 돌리지만, 한국 사람의 피가 흘러서 그런지 가감 없이 내 마음을 직설적으로 표현한다. 일본에 살면서 이런 점은 장점이 되기도 하고 단점이 되기도 했다. 물론 애니에게 한 말도 백 퍼센트 진심이었다.

땀 흘리는 청년들과 지중해에 빠져 있는 보름달을 보면서 난 소중한 것을 깨달았다. 밀려오는 행복감은 어디서 비롯된 것인가? 바로 곁에 있는 사람들의 온기였다!

처음에는 휴양지에서 복사뼈를 다쳐서 눈앞이 캄캄했지만 결과적으로 그때 발목을 삐었기에 내 옆 사람들이 보내 준 따뜻한 온기를 느낄 수 있었던 것이다. '나'라는 사람은 '나'를 둘러싼 사람들과 '함께' 존재한다는 것을 순간 깨달았다. 사업이 바쁘고 잘되어서 모든 일이 내 힘으로 내 능력으로 돌아가는 것 같았다. 그럴수록 옆 사람들이 잘 보이지 않았다. 하지만 내가 스스로 움직이지 못하고 꼼짝할 수 없게 되자 비로소 옆에 있는 사람의 온기를 느낄 수 있었던 것이다. 내 옆 사람들에게 감사하는 마음이 자랐다. 친구의 친절에 감동했고 다친 일을 걱정해 준 아들들의 자상한 마음에 감사했다. 살아가면서 따뜻한 온기를 느끼지 못하고 산다는 게 얼마나 막급한 손해일까? 문득 사람에게 베풀어지는 온기의 손길에서 인간의 위대함을 느꼈다. 인간 사회에서 친절함, 희생, 이런 것들이 사회를 지탱해 가는 얼마나 큰 연료일까? 인간이기 때문에 가능한 베풂과 나눔의 사랑, 아무것도 할 수 없을 때 비로소 인생의 중요한 걸 깨달았다.

그 후로도 오랫동안 시실리의 두 의사와는 편지 왕래

가 있었다. 지금도 캐치볼하던 두 의사, 내 머리 위로 날아다니던 야구공 같은 석고……, 라구자 산타마리아 병원의 정경이 선명하게 떠오른다.

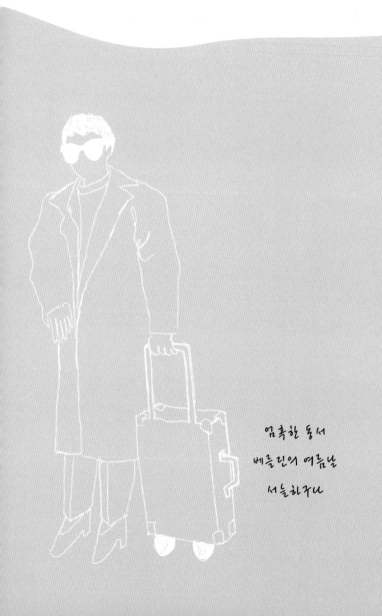

엄혹한 동서
베를린의 여름날
서늘하구나

서베를린의 추억

베를린, 1984년, 내 나이 쉰다섯

독일이 동서로 나뉘어져서 육지의 외딴 섬인 베를린도 동서가 벽으로 분단되어 있던 무렵이었다. 베를린 대학교에서 유학하는 신혼인 여동생 부부를 방문하는 일과 또 하나는 동쪽 벽 바로 옆에 건립된 베를린 교향악단 콘서트홀을 보고 싶다는 호기심에서 베를린에 갔다. 아무래도 통일 전이라서 꺼려지기도 했지만 나의 강력한 호기심을 누르지는 못했다. 언제나 호기심은 내 여행의 큰 원동력이었다. 그래서인지 긴 여행을 다녀오면 여행지의 사람들과 좀 더 친해지지 못한 아쉬움이 남아서 늘 새로운 언어를 배우곤 했다. 저녁에 가게를 닫으면 즉시 어학원에 가서 언어를 배우는 나에게 동생은 구시렁댔다.

"언니 사전에는 귀찮다는 말은 없는 거유?"

만사가 귀찮은 거 천지라며 게으름을 피우던 여동생 눈에는 내가 신기했었나 보다. 진심으로 귀찮다는 생각은 살면서 단 한 번도 한 적이 없었다. 이탈리아에 다녀오면 이탈리아의 친구들과 대화하고 싶어서 이태리어를 배웠고, 프랑스에 다녀오면 프랑스 친구도 만들고 싶어서 프랑스어를 공부했다. 그게 왜 귀찮은가? 친구를 사귄다는 건 즐겁고 흥분되는 일이었다. 괴테도 말하지 않았나, "언어는 새로운 세계를 여는 창문"이라고. 괴테의 말처럼 나는 새로운 세계와 만나고 지경을 넓히는 모험이 늘 흥미로웠다. 마침내 다섯 개 나라의 언어를 구사할 수 있게 되었는데 실제로 언어는 세상을 알아 가는데 큰 도움이 되었다.

어두운 서베를린 공항에 무사히 착륙했다. 밀란에서 전화로 여동생에게 비행기가 밤 8시에 도착한다고 미리 알린 상태였지만 여동생 부부는 아무리 기다려도 나타나지 않았다.

엄혹한 동서
베를린의 여름날
서늘하구나
東西の厳しきベルリン夏冷えす

　공항 터미널 안에 사람들이 점점 사라지고 경비원은
얼른 나가라고 손짓했다. 동생은 오지 않고 전화도 불통
이었다. 지금 같으면 핸드폰이나 인터넷 등 다양한 소
통 수단이 있지만 그 시절에는 공중전화와 편지밖에 없
었다. 거기에다 공중전화기도 고장 난 게 많아서 해외로
나가면 통화가 불가능한 때가 많았다. 잠시 후 공항 직
원이 다가와서는 이제 공항 터미널을 닫아야 되니 나가
라고 재촉했다. 불빛이 하나씩 꺼져 갔다. 급하게 조성된
임시 건물인 공항은 마치 서커스 공연장처럼 거대한 천
막을 둘러친 듯했다. 나는 급하게 전화번호부를 넘기며
호텔을 찾았다. 겨우 찾은 호텔을 예약하려 할 때, 경비
원 한 사람이 성큼성큼 곁에 다가오며 강한 말투로 "이

제 더는 없어. 택시도 한 대밖에 없으니 그 택시를 놓치면 아무것도 없어!"라고 영어로 말한 뒤 택시 타는 곳을 가리켰다. 그 당시 서베를린 공항 주변은 어두워서 섬뜩했고 마치 외딴 섬 같은 곳이라 상황이 정상은 아니었다. 어쩔 수 없어서 여행 가방을 끌고 마지막 남은 택시로 향했다. 주소록에 여동생 주소를 남기는 걸 깜빡한 내 잘못도 있지만, 마중을 나오지 않은 여동생 부부를 향한 분노가 부글부글 끓었다.

'만나기만 해 봐라! 가만두지 않겠어!'

공항을 빠져나오며 돌아보니 공항 터미널은 이미 닫혔다. 마지막 한 대라는 택시에서 문을 열고 나온 운전기사를 보고 깜짝 놀랐다. 운전기사는 기골이 장대한 흑인이었다. 마흔 무렵에 시작한 홀로 세계 여행이 벌써 십사오 년이 지나서 어느새 여행에 익숙해진 터라 웬만한 일로 놀라지 않았지만, 순간 그 흑인의 장대한 몸집에 졸아 버렸다. 다시 돌아 갈 수도 없이 닫혀 버린 공항 터미널, 어둠, 그와 나만의 밀실인 택시 안……. 그것만으로도 나를 공포에 몰아넣기에 충분했다. 공항 직원이 말한 대로 이 택시를 타고 시내로 나갈 수밖에 없었다.

"어디로 갈까요?"

'아, 살려 주세요.' 나는 운전기사의 질문에 눈을 뜨고 상황을 점검했다. 갑자기 말하려니까 쉰 목소리가 나왔다.

"저…… 기…… 예약할 만한 호텔로 가 주세요."

운전기사는 말없이 알겠다는 듯이 고개를 끄덕이며 차를 출발시켰다.

"저는 일본에 사는 한국 사람입니다. 한국 아세요? 독일처럼 남북이 분단되어 있는 나라죠. 세 아들을 데리고 힘들게 월세방을 전전하면서 살다가 최근에서야 제 이름을 걸고 오리지널 액세서리 가게를 내고 집을 한 채 샀습니다."

"대단하시네요."

"대단하긴요. 애들 공부시키려면 아직 멀었습니다."

어느새 나는 택시 기사에게 내 이야기를 주절주절 하고 있었다. 이렇게라도 하면 나쁜 사람도 동정심 같은 게 생겨서 잔혹한 행동을 하지 못할 거라 생각했던 것 같다. 느닷없고 혼란스런 말이 자기소개처럼 비쳤는지 그도 나에게 자신을 소개하기 시작했다.

"제 피부가 독일에서 흔히 볼 수 있는 피부 색깔이 아니죠?"

마음 깊이 하고 싶었던 질문이다.

"저는 미국 주둔군으로 베를린에 왔고 독일 여성을 만나 결혼해서 이곳에 눌러앉았어요."

나는 흑인 남자가 생각했던 것만큼 나쁜 사람이 아니라는 걸 알게 되었다. 더구나 자기 애기를 해 주는 택시 기사가 강도짓을 할 것 같진 않았다. 사람은 감정에 따라 시간의 길이가 변하는 듯하다. 그 긴장의 시간이 아주 길게 느껴졌지만 시계를 보니 30분 만에 호텔에 도착했다. 택시 기사는 호텔 프런트에서 2층까지 단번에 뛰어올라서 짐을 옮겨 주었다. 나의 안전을 확인하면서 호텔 직원에게 세심한 주의까지 했다.

"만일 곤란한 일이 생기면 사양치 말고 전화해 줘요."

메모지에 집 전화번호를 적어 주었다. 이렇게 다정하고 따뜻한 마음을 가진 그에게 두려움을 품었다는 게 부끄러웠다.

다음 날 아침 우선 몇몇 구청을 다니면서 신고된 여동생의 주소를 확인하려 했지만, 어디에도 등록이 되어 있지 않았다. 곤란하면 언제든지 전화하라는 택시 기사의 말이 생각나서 큰맘 먹고 전화를 했다.

그는 슈퍼맨처럼 즉시 내 앞에 다시 나타났다. 그러고는 같이 동생네를 찾기 위해 베를린을 헤맸다. 택시 기사는 베를린 대학교 안의 좀 높은 언덕 위로 나를 데려 갔다. 나는 캠퍼스를 다니는 사람들 중에서 검은 머리의 동양 사람을 찾았다. 검은 머리는 많지 않아서 보이는 족족 붙들고 여동생을 아는지 물었다. 천만다행으로 여동생 부부를 아는 사람을 만났고, 여동생 부부가 지내는 기숙사의 주소를 알아낼 수 있었다. 택시 기사는 자기 일처럼 기뻐했다. 마침내 기숙사로 찾아가 여동생을 만났다. 만사가 귀찮다며 모든 일에 태평하던 여동생이다.

"너 정신이 있는 거니 없는 거니? 내가 안 오니까 궁금하지도 않디? 걱정도 안 됐던 거야?"

여동생을 보자마자 나는 따발총을 쏘아댔다. 이번에 버릇을 단단히 고쳐 놔야지! 하지만 여동생은 너무나 떳떳하고 심드렁한 반응을 보였다.

"언니가 안 오길래 도쿄 집에 이곳 주소랑 메모 남겨 뒀어. 그래서 찾아온 거 아냐?"

'아하, 도쿄 집에 연락할 생각을 왜 하지 않았지? 하지만 네가 지금 나한테 그렇게 말하면 안 되지!' 화를 내려는데 오히려 원망스러운 듯 나를 쏘아보는 여동생에게서 풍기는 기운이 평소와는 달랐다.

낙천적이고 게으른 성격인 동생의 그런 눈빛은 본 적이 없었다. 나중에 알고 보니 그때 여동생은 제부와 크게 다퉈서 이혼까지 생각할 정도로 심각했다고 한다. 어이없고 기가 막혔지만 성질이 나는 걸 꾹꾹 누르고 두 사람의 관계를 회복시키기 위해 노력했다. 7남매 중에 장녀라는 위치가 그렇다. 부모와 동생들에 대한 책임감은 누가 억지로 맡긴 게 아닌데 고스란히 내 짐이 되어버렸다. 그때 내가 베를린에 안 갔으면 여동생 부부의 싸움이 해결될 수 있었을까, 지금 생각해 보면 그때 베를린에 간 게 진짜 다행이었다.

이틀 후, 택시 기사에게 연락이 닿았다. 그는 나와 여동생 부부까지 자신의 집에 초대했다. 택시 기사의 부인은 키가 훤칠하고 지적인 외모의 백인 여자로, 직장인 방송국에서 미술을 맡고 있는 아티스트였다.

'어쩜 이리도 멋질까!'

그것이 그녀에 대한 첫인상이었다. 여러모로 나눈 이야기들 속에서 그녀의 견식이 깊고 총명함을 알 수 있어서 즐겁고 유익한 시간을 보냈다. 나는 택시 운전기사의 첫인상만으로 가졌던 편견에 너무 미안했다. 그렇게 쉽게 사람을 판단하다니, 내 생각이 얼마나 좁았단 말인가.

 나 역시도 일본에 사는 한국 사람으로 한일 관계로 인한 편견의 프레임에 갇혀 많은 오해를 받지 않았나? 일본 사람은 자국의 자존심을 지키기 위해 한국 사람들을 경계 밖으로 몰아붙인다. 나 역시도 일본에서 경계를 두어야 할 한국 사람으로 몰려서 오해를 많이 받으며 살아왔다.

 나에게 아들이 셋 있는데 모두 나와 같은 경계인이다. 아들들은 스스로 운명을 선택한 게 아니어서 겪지 않아도 될 아픔을 겪게 한 것에 대해 늘 미안한 마음이 있다. 하지만 최근 장성한 아들이 말하곤 한다. 경계인이기 때문에 오히려 자유로움을 느낀다고……. 고마울 뿐이다.

 1989년 동서 베를린의 장벽이 무너지는 모습을 TV 방송으로 보면서 서베를린에서 겪었던 정경이 눈에 선하게 떠올랐다. 그 경계가 무너지고 서로가 하나 되는 역사적인 장면에 눈물이 흘렀다.

울타리를 없애는 일은 저절로 되지 않는다. 피나는 노력이 필요한 것 같다. 아니, 노력만으로도 안 된다. 본능을 거슬러야 한다. 울타리에 갇힌 사고는 울타리를 지키고자 하는 누군가에 의해 만들어 진다. 그들과 싸워야 한다. 남이 만들어 놓은 프레임에 스스로 갇혀 버리는 건 너무나 위험하다.

그 부부와 함께 지낸 베를린의 시간이 문득 그리워 아련했다. 일본으로 돌아와서 독일어도 배워 보려고 했지만 끝내 독일어는 배우지 못했다. 독일어는 배에서부터 소리를 끌어내야 하는데 말할 때마다 체력 소모가 너무 심해서 몸이 약한 내게 독일어는 무리였다.

서늘한 바람
별자리 마주 보는
북해이구나

발트해, 동경하던 섬 생활

스톡홀름과 오슬로, 1989년, 내 나이 예순

스톡홀름 대학교에서 동양미술사 교수로 있던 한국 출
신 한(韓) 교수님 부부를 방문했다. 전부터 LA에 사는 친
구와 한 교수님을 찾아뵈러 가고 싶었는데 그제야 실현
이 된 것이었다. 1965년 한일협정을 맺었을 당시 나는
동경 미쓰코시 백화점 6층 전체에 한국의 공예품을 소
개하는 전시를 개최했었다. 그것을 시작으로 일본의 전
국 백화점을 돌아다니며 한국 공예품을 전시했고 그 반
응은 뜨거웠다. 한국과 일본 정부가 국교를 위해 민간에

서 전시를 개최해 준 것에 대해 감사를 보내왔다. 나 역시 전시를 통해 일본인에게 한국의 아름다움을 소개하면서 한국인임이 뿌듯했다. 한국 공예품은 너무나 아름다웠고 그 아름다움을 알아보는 일본 사람들을 만나면 절로 어깨가 으쓱했다.

여하튼 예전부터 스톡홀름 대학교의 한 교수님 명성을 알고 있던 터라, 직접 만나서 한국 공예품에 대한 얘기를 더 많이 나누고 싶었다. 얘기를 들어 왔던 대로 한 교수님의 한국 미술품에 대한 안목과 지식은 깊었고 인맥도 넓어서 여러 분야 지인들을 소개해 주었다.

한 교수님의 친구인 의사가 우리를 자택으로 초대했을 때의 일이다. 현관에 들어서니 바로 앞에 동양의 소녀를 그린 큰 초상화가 걸려 있었다. 나는 왠지 소녀 그림에 끌렸다.

거실에서 보이는 정원에는 미끄럼틀, 그네, 모래 놀이터가 마치 공원인 듯 놓여 있었다. 얼마 지나지 않아서 나이가 열넷이나 열다섯 살쯤인 검은 머리의 귀여운 동양인 소녀가 나타났다. 소녀에게서 부부의 애정을 받고 자란 행복함이 한눈에도 보였다. 바로 그 소녀는 초상화의 모델이었다. 알고 보니 한국에서 입양된 소녀였다. 한 교수님의 의사 친구는 소녀를 입양하고 양녀로 받아들이기까지 한국을 방문했던 과정을 말해 주었다. 듣고 나니 참으로 대단한 사람들이라는 생각과 함께 가슴에서 뭔가 뜨거운 게 올라왔다. 아기자기한 정원도 그녀를 위해 조성한 듯했다.

나는 그들의 숭고한 희생과 사랑에 감동을 받고 의사 부부를 모범 삼아 나도 그분들의 가치관을 따라 생활해 보리라 마음먹었다.

마침 의사 부부가 자기 별장을 사용하며 섬 생활을 경험하면 어떻겠는가라고 제안해 주었고, 당연히 존경해 마지않는 의사 부부가 제안한 소박한 섬 생활을 거절할 이유가 없었다. 섬에서 생활하면 뭔가 배우는 게 있겠다 싶었다. 곧바로 제안을 받아들였다.

의사 부부와 한 교수님 부부는 섬에서 우리가 먹을 걸 준비하며 바로 실행에 옮겼다. 가야 할 섬은 스톡홀름의 해안에서 모터보트로 삼사십 분 거리에 있었고 섬 둘레는 내 걸음으로 한 바퀴를 도는 데 30분여 걸렸다. 풍경은 멋지게도 바다와 섬들이 다였다. 밤이 되면 크고 작은 섬들에 불빛이 밝혀졌는데 마치 별자리 같았다. 하늘의 별들이 이사 온 듯했다. 맑은 공기를 흡족하게 누렸고 몸과 마음이 씻겼다. 모두 둘러앉아서 예술로 이야기꽃을 피우거나 인생에 대한 대화를 나누며 황홀한 시간을 보냈다.

'여기가 바로 천국의 옆이구나!'

서늘한 바람
별자리 마주 보는
북해이구나
風涼し 星座向き合ふ 北海かな

이렇게 좋은 분들과 함께 아름다운 것만 보고 산다면 마음도 맑아질 것 같았다. 다음 날 일어나자마자 눈에 가득한 바다로 나갔다. 바위와 작은 돌들 사이로 나드는 바닷물은 투명했고 이 물로 세안하고 이를 닦았다. 작은 돌멩이를 바다로 던지거나 누워서 슬며시 다가오는 바닷소리에 귀를 기울였다. 무구하고 투명한 바다를 온몸이 들이마셨다.

사모님이 식사가 다 차려졌다고 불렀다. 소시지에 계란과 빵인 스웨덴식 간소한 아침을 먹으며 또 바다를 바라보았다. 이토록 낭만에 휘감긴 시간의 흐름에 실려 바다를 독점한 사람이 우리들뿐인 기분이었다. 아름답고 평화로운 기운은 아주 천천히 흘렀다. 하지만 어찌된 일인지 시간의 흐름이 너무 느려 점점 당황스러워졌다. 어제까지 느꼈던 성인인 듯한 기분은 슬슬 물러나고, 배배 몸이 꼬여 왔다.

왜 그리 시간은 더디고 지루하던지…….

나는 LA 친구와 바닷가에 앉아 바다를 바라봤다. 바닷가에 앉아 있으면 모터보트와 작은 배가 가끔 지나쳤는데 배가 멀리 가뭇할 때까지 바라봤다. LA 친구가 배들을 함께 바라보다가 먼저 물어 왔다.

"나가고 싶지 않니?"

친구도 나와 똑같은 마음이었을까? 친구와 나는 벌떡 일어나 가까이 지나는 배를 향해 미친 듯이 손을 흔들었다. 나흘째가 되던 날, 여러 척의 모터보트를 향해 도움을 청했다. 한 대의 보트가 우리에게 다가오자 다급했다.

"제발 우리를 항구까지 태워 주시겠습니까?"

이런 일을 종종 겪는지 보트 주인은 쉽게 승낙했다.

아싸! 우리들은 서둘러 짐을 정리한 뒤 한 교수님 부부와 의사 친구에게 무척 미안해하며 그리 된 경위를 설명하고 중간에 섬을 뜨겠다는 허락을 청했다. 한 교수님 부부는 일주일 체재 예정으로 산 음식들과 우리를 번갈아 보며 곤란한 표정을 짧은 순간 지었지만 가겠다고 짐을 싸맨 사람들을 말릴 수 없는 상황이라 고개를 끄덕이며 상냥하게 허락했다.

"이해합니다!"

"역시 너무나 좋은 분들이시네요. 죄송합니다. 용서해 줘요!"

친구와 난 허겁지겁 보트에 올랐다. 보트가 출발하자 섬은 점점 작아졌다. 친구가 나를 보고 이제야 안심이라는 듯 내뱉었다.

"지루해서 죽는 줄 알았다."

우리는 그 아름다운 천국의 섬을 무사히 탈출했다. 그리고 친절한 보트 주인 덕에 스톡홀름항에 입항했다.

친구와 나는 노르웨이 오슬로로 가려고 국제 열차를

탔다. 가장 뒷좌석에 자리 잡고 천천히 흘러가는 차창을 바라보며 조금 전까지 있었던 짧은 섬의 시간을 반추했다. 동경하던 섬 생활이지만 하루를 넘기니 지겨웠다. 이상과 실재는 이렇게 차이가 나는구나!

뒷좌석에서 앞을 보니 금발 머리들만 정연하여 여기가 북구라는 걸 새삼 되짚었다. 당시만 해도 북유럽에 동양 사람들은 많지 않았다. 하지만 가끔 검은 점들이 좌석과 좌석 너머로 눈에 띄었다. 나는 일어서서 앞으로 걸어갔다. 검은 점의 정체는 동양의 소년과 소녀였다. 그리고 그들이 한국 전쟁 때문에 입양된, 즉 그 의사의 수양딸과 같은 처지의 아이들임을 알게 되었다.

전쟁은 검은 머리의 아이들을 지구 반대편 이곳까지 보냈다. 1930년 내가 태어나던 해, 세계는 전쟁으로 들끓었다. 한국은 일본에게 강제로 점령당해 있었고 동북아 전쟁과 2차 대전과 패망, 일본의 항복과 6·25 전쟁, 회오리치는 이데올로기 속에서 나와 가족들은 숨죽이며 살아왔다.

매달 9일이면 헌법 9조 개헌 반대 시위에 참여하고 있다. 아베 정부가 헌법 9조를 수정해 전쟁할 수 있도록 법을 개헌하려고 한다. 나 같은 할머니들이 그 시위에 참여하는 이유는 다른 건 없다. 절대 옛날과 같은 전쟁이 다시 일어나면 안 된다는 걸 몸서리치게 알기 때문이다. 일본 사람들의 시위는 한국의 시위와 다르다. 이런 작은 시위를 누가 봐 줄까 싶지만 벌써 오랫동안 꾸준하게 하고 있다. 급한 내 성질에는 맞지 않지만 로마에선 로마법을 따르라 했으니 일본에서 일본 방식대로 해야지. 할 수 없다.

어떤 할머니(할머니라고 해도 내게는 동생뻘이다)는 멀리 한 시간 넘어 걸려 전철을 타고 와 시위에 참가한다. 물론 젊은 대학원생도 꾸준히 시위에 참석하지만 대부분 일본의 젊은 사람들은 정치에 관심이 없다. 전단지를 나눠 줘도 받으려고도 하지 않는다.

우리는 시위가 끝나면 한식당이나 중식당에 가서 식사를 함께하면서 여러 이야기를 나누는데, 특히나 한국을 좋아하는 아줌마들이 K-POP과 한류 드라마를 얘기한다. 그 시위에 참여하는 한국 사람은 나밖에 없어서 나에게 한류 드라마를 물어 오지만 드라마를 즐기지 않는 나는 한류에 대해서는 젬병이다. 〈겨울 소나타〉의 명성도 나중에 일본 친구에게서 전해 들었다.

일본 친구들은 도무지 매운 걸 입에 못 대고, 한류 드라마도 보지 않는 윤상은 과연 한국 사람이 맞냐고 놀린다.

하지만 오히려 모르고 있다가 일본 친구들한테 듣는 한류 드라마와 인기 한류 배우, K-POP 대한 소식은 일본에서 한국 문화에 대한 관심의 온도를 체크할 수 있어서 더 반갑고 자랑스럽다. 한동안 세계 어디를 가도 말춤 비슷한 걸 추며 '강남 스타일'을 외치는 한국 노래가 나올 때 나는 가슴이 뛰고 울컥했다. 최근에는 방탄인가 하는 소년들이 세계 1등이라는데, 이런 일이 생기다니 꿈에도 상상하지 못했던 일이다. 한국이 세계 1등이라니……. 어려서 인천 앞바다를 바라보며 세계에 이 나라를 알리고 싶은 게 나의 간절한 소원이었는데…… 솔직하게 말하면 그게 무슨 음악인지 어디가 좋은지 잘은 모르겠지만 아무튼 자랑스럽다.

위태롭게 유지되는 평화의 분위기를 이어 가기 위해 작으나마 자신의 목소리를 내고 있는 일본 친구들을 나는 존경한다. 그 시위에 참석하겠다고 벌써 몇 년째 멀리서 전철 타고 오는 할머니 동생을 특히나 존경한다.

　스웨덴에서 노르웨이로 가는 기차를 타고 도착한 오슬로의 한 카페에서 차를 마시며 북구에서 만난 검은 머리의 동양인들에 대한 감상을 하이쿠로 옮겼다.

서늘한 저녁
머나먼 이국땅에
전쟁고아라
晩涼や遥かなる地に戦争孤児

6월 흐린 하늘이 갑자기 밝아졌다.

　두터운 구름을 제치고 태양이 단박에 얼굴을 내밀었다. 나는 환호성에 둘러싸였다. 태양에 민감한 북구인들은 순식간에 축제였다. 모두들 서둘러 색색의 큰 파라솔과 의자를 옮겼고 여기저기 가게 앞뜰마다 오픈 카페의 꽃이 피어났다.

오슬로에

홀연히 여름 오니

사람들 뛰네

オスローや忽つと夏來て人走る

　사람들의 분주한 감격, 놀라웠다. 도로의 맞은편도 똑같이 환호성이 울렸다. 큰 파라솔이 여기저기 펴지고 오픈 카페의 꽃은 만발했다. 햇살이 쏟아질 때 갑작스레 환호하고 뛰어다니는 사람들의 모습이 너무나 인상적이었다. 태양에 부자유한 북구인들은 태양에 대한 특별한 열정이 있는 듯했다.

북국이구나

태양의 찬가

여름 뜨겁네

北国や太陽の賛歌夏熱し

　이 세상에도 먹구름이 걷히고 태양이 빛을 비췄으면 좋겠다. 그러면 어둠 속에 헤매는 사람들이 모두 튀어나와 말춤 같은 걸 추며 기뻐 뛰며 즐거워할 텐데……

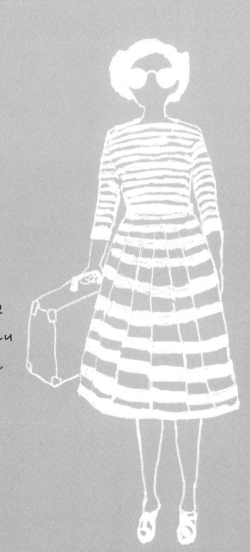

사랑하는 벗
데이지가 떠나니
데이지 핀다

지금도 곁으로 다가서는

친구

오키나와·도쿄·히로네, 닛코·도쿠시마·대만·타히티·리오,
1975~1989년, 내 나이 마흔여섯에서 예순

데이지는 삼바의 나라 브라질 사람이며 나와 아주 친한
친구였다. 그녀와 첫 만남은 1975년 오키나와 해양 엑스
포였다. 내가 한국 전시관 담당이었고 데이지는 미쓰비
시관의 벽화를 그린 화가이자 아티스트로 와 있었다. 우
리는 죽이 잘 맞고 취미도 같아서 금방 친해졌다. 그녀
는 금발의 백인이었는데 인형 같은 외모에 누구든 돌아
볼 만한 미인이었다. 화가라지만 그녀는 그림을 한 장도
팔지 않았다. 남편 조지 셸바는 브라질 정부가 신임하는

톱클래스 법률 고문 변호사였고 일본 무역회사와 관청도 브라질과 관련된 중요한 안건은 그를 통해 진행했다. 그만큼 재력이 있으니 그림을 팔지 않아도 되었던 것이다. 그녀는 스무 살이 되기 전에 유학해서 영어, 불어 등 어학도 남달랐다. 나처럼 여행을 좋아해서 자유롭게 떠난 곳에서 편지를 자주 보내곤 했다.

"사랑하는 마리아, 나 여기 있어!"

짧은 문장과 함께 간단한 스케치를 편지에 담아 보내왔다. 그녀는 미치도록 타히티를 좋아했고 내게 타이티 소식을 수시로 전해 주곤 했다. 사정이 허락하면 타히티로 즉시 오라고 요청하기도 했다. 타히티를 경유해서 일본으로 건너오는 게 익숙한 그녀는 습기가 푹푹 찌는 일본의 여름을 아주 좋아했다. 나와 다른 취미라면 음악이었는데 그녀는 재즈와 삼바 그리고 보사노바를, 나는 클래식을 좋아했다. 그녀가 일본에 들어오면 둘이서 여행을 자주 했다. 하코네, 닛코, 도쿠시마, 해외로는 대만과 타히티, 그녀가 살고 있는 브라질 리오의 코파카바나 비치에도 가 보았다. 코파카바나 해안 거리 중앙에 가까운 펜트하우스가 그녀의 집이었다. 그곳 전망은 압권이었다. 데이지와 나는 지구 반대편의 두 나라인 브라질과 일본이라는 거리가 무색할 정도의 소중한 친구였다. 해마다 그녀는 일본에 왔고 우리는 깊은 우정을 나눴다.

한번은 같이 대만에 여행 갔을 때 일이다. 대만의 고궁에서 만나기로 했는데 서로 착각해서 만날 장소가 약간 어긋났다. 만나기로 한 장소에서 데이지가 보이지 않아 이곳저곳을 헤매고 있었다.

"마리아! 마리아!"

주변은 아랑곳하지 않고 고래고래 소리 지르며 나를 찾는 데이지 모습이 보였다. 장난기가 발동한 나는 나무 뒤로 몸을 숨겼다. 나를 찾는 데이지의 목소리가 점점 커져만 갔다. 나무 뒤로 데이지를 훔쳐보는데 데이지의 눈에 눈물이 그렁그렁하게 맺혀 있는 것을 보고 장난이 너무 심했나 싶어 데이지 앞에 나섰다.

"마리아……! 여기 있었구나!"

데이지는 환하게 웃으며 나를 힘껏 포옹했다. 아름다운 외모에 재력과 재능을 겸비한 그녀의 영혼은 순수하기까지 했다.

어느 해인가 도쿠시마시가 아와춤을 출 게스트로 데

이지를 초대했다. 데이지는 나와 동행하고 싶다며 내 초대장까지 받아냈다. 데이지처럼 재능 있고 아름다운 사람과 있으면 재미난 경험을 배나 많이 할 수 있어서 당연히 허락했다.

축제가 열리자 사람들이 엄청나게 몰려왔다. 두 쌍의 춤꾼이 생소하고 진기한 춤을 선두로 추었고, 각기 다른 이름을 가진 그룹들이 뒤를 이었다. 웃음과 함성이 터졌다. 마침내 마이크에서 귀가 얼얼할 정도로 크게 안내 방송이 나왔다.

"멀리 삼바의 나라 브라질에서 왔습니다. 아이지 셀바 씨! 옆 나라 한국에서 온 윤득한 씨!"

우리는 큰 갈채와 함성에 에워싸여서 하치스카조의 첫 번째 춤꾼으로 혼신의 힘을 다해서 유쾌하게 온몸을 흔들며 춤을 추었다.

상상 초월, 유쾌, 통쾌했다. 독특한 리듬에 따라 독특한 아와춤을 추면 뇌에서 아드레날린이 솟구쳤다. 누구의 눈치를 볼 일도 없었다. 단지 현재에만 집중하면 됐다. 한 방에 고민거리를 날려 버리고 지금을 즐기자며 흥분이 가라앉을 새 없이 추켜올렸다.

아와춤은 그야말로 일본의 삼바이다. 태양과 삼바의 나라에서 온 그녀의 리드미컬한 춤은 정말 대단했다.

다음 날 신문과 현지 TV 방송은 우리를 보도했다. 데이지와 난 TV 화면 속 춤을 추는 우리의 모습을 보고 배꼽이 빠져라 뒹굴며 웃었다. 나는 너무 웃어 눈물이 나왔다.

우리는 어제의 긴장으로 노곤한 몸을 풀기 위해서 온천탕에 몸을 담그고 도쿠시마의 시원한 공기를 마셨다. 그날은 서로 눈만 마주치면 사춘기 소녀처럼 깔깔댔기 때문에 서로 눈을 바라보지 않았다. 나는 데이지의 시선을 피했다.

"넌 진짜 멋진 여자야!"

갑자기 데이지가 말했고 나는 어이없이 대답했다.

"그건 내가 할 말인데! 너야말로 멋진 여자야!"

데이지는 온천탕을 나갔다. 늘씬한 뒷모습은 나만 보기에 아까울 정도로 아름다웠다. 나도 나갈까 하다가 데이지와 시간차를 두기 위해 기다렸다가 나갔다. 너무 웃었고 온천탕에 오래 있었더니 피곤했다. 이제는 혼자 쉬고 싶었다. 어제 춤을 너무 과하게 췄는지 온천을 해도 피로가 쉽게 풀리지 않았다. 50대를 훌쩍 뛰어넘은 나이에 아와춤을 그렇게 춰대고 멀쩡할 리 없었다. 내 강한 호기심과 정신력은 그에 미치지 못하는 불량하고 허약한 육체를 끌고 너무 많은 일을 해 왔다.

그러던 어느 해였다.

데이지가 도쿄에 와서 함께 식사하러 갔다.

"맛이 안 나서……."

짧게 말하고 데이지는 튀김 소스에 설탕을 치거나 커피에 불쾌할 정도로 설탕을 타는 이상한 행동을 했다. 온순하기 그지없던 그녀가 갑자기 화를 내고 우울해 했다. 자율신경의 조율이 불안했던 것으로 보였다. 이전의 데이지와는 달랐다. 그녀에게 무슨 일이 있는 것이 틀림없었다. 그녀의 상황이 걱정된 남편 조지가 브라질 집의 파출부를 보내와 그녀를 브라질로 데려갔다. 오래지 않아 데이지의 상태가 심각해서 입원시키겠다는 조지의 연락을 받았다. 알고 보니 그녀가 연소형 치매에 걸린 것이었다. 그 후로는 한동안 연락이 끊겼는데, 얼마 후 소중한 친구 우리 데이지가 죽었다는 소식을 듣게 되었다.

나는 그 상실감에 무력해졌다. 떠나기 전 단골인 제국 호텔 인근을 함께 산책한 게 데이지와의 마지막이 되어 버렸다. 그 아름답고 우아한 내 친구 데이지는 이미 이 세상에 없었다.

사랑하는 벗

데이지가 떠나니

데이지 핀다

愛し友デイジー逝くやデイジ咲く

새우 때문이었을까?

때때로 데이지가 젊은 나이에 왜 치매에 걸렸을까 생각한다. 나보다 열 살이나 밑이었는데⋯⋯. 데이지는 새우튀김을 좋아해서 일본에 오면 새우튀김만 먹었다. 오염된 바다 밑에 사는 새우에 중금속이 쌓인다던데 그 때문에 치매가 빨리 온 것은 아니었을까? 데이지는 부유한 환경에서 자라서인지 하기 싫은 건 절대 하지 않았고 맛이 없는 것도 절대 먹지 않았다.

편식 때문일까?

살아가면서 먹기 싫은 것도 먹어 주고, 하기 싫은 것도 해 줘야 균형이 잡히고 건강을 유지할 수 있는 거 아니었을까?

요즘도 데이지 생각이 나면 눈가가 뜨거워진다.

데이지는 언제까지나 아이처럼 순수했던 둘도 없는 내 마음의 벗이다. 가끔씩 데이지가 울면서 나를 찾아 헤매던 정경이 눈앞에 보이는 것처럼 생생하게 떠오르곤 한다.

가을바람에
섬에서 섬으로
물드는 단풍

빨간 머리 앤을 찾아서

마이애미·키웨스트·그린게이블즈, 1987년, 내 나이 쉰여덟

"아주 새로운 발견이 있었습니다. 운이 좋게도 세계 의학계의 이목이 집중된 곳에서 발표하게 되었습니다."

미국에서 암 치료를 연구 중인 아들에게서 연락이 왔다. 자신의 연구 발표를 마이애미 웨스트팜비치 호텔에서 하게 되었다며 날짜와 장소를 알려 온 것이다. 나는 인류에 공헌할 특별 연구를 수행하기 위해 열정적으로 청춘을 사는 아들의 모습을 떠올리며 마이애미 국제공항으로 직항하는 비행기를 탔다. 카리브해에 면한 이 리

87

조트는 언제 와도 압도당한다. 해안도로를 걸으면 마른 리듬의 살사가 들리고 미국의 다른 지역과는 색다르게 개방적인 느낌이 강하다. 남미의 느낌을 이곳저곳에서 확인할 수 있었다. 아들은 미국에서 초대되어 키타사토, NY 로체스터 대학교에서 의학을 연구하고 있었다. 의과 대학에서도 연구에 두각을 보였던 아들에 대해 학회에 모인 사람들은 큰아들이 노벨상을 받을 거라 기대하고 있었다. 나도 아들이 연구가 인류에 크게 이바지하기를 바랐다.

원래 첫째 아들은 도쿄대 미술대학을 가려고 했지만 숱한 실력자들에게 밀려 낙방을 했다. 낙방의 충격이 컸던지 첫째는 머리를 빡빡 깎고는 의대에 들어가겠다고 선언했다. 극과 극의 선택이었지만 사람은 각자 어느 정도 정해진 자기 길이 있는 것이지 부모가 이래라 저래라 해서는 안 된다는 생각이었다. 아니 더 솔직히 말하자면 별난 성격의 아들이 내 말을 들을 리 없었기 때문에 포기하고 내버려 뒀다. 한번은 의대에 진학했을 때 얘기다. 아들이 오토바이를 사 달라고 했지만 나는 사 줄 수 없다고 했다. 아들은 시체 닦는 아르바이트를 시작했고 결국 보다 못한 나는 아들에게 오토바이를 사 줬다.

그러던 첫째 아들이 세계적으로 인정받는 권위 있는 학회에서 연구 발표를 한다. 남편이 살아 있었다면 무척 기뻐했을 텐데……. 아니다. 살아 있어도, 뭐 아직 암 백신이 나온 것도 아닌데 대단한 발견이라도 한 것처럼 호들갑이냐고 했을지도 모르겠다.

아들이 학업에 전념하는 로체스터는 뉴욕 북서부 도시이며 뉴욕, 버팔로 다음으로 큰 도시이다. 운하가 아름답고 새와 파란 하늘, 흰 구름이 아주 멋진 곳이다. 나는 그 즈음 아들 부부가 있는 곳을 거점 삼아 아메리카 대륙의 이곳저곳을 여행했다. 존 레논과 오노 요코의 별장도 가 봤다. 설마 그렇게 사랑받던 존 레논이 죽을 거라고 누가 상상이나 했겠나? 그러고 보니 1980년은 온 세계의 비틀즈 팬은 물론 많은 음악 애호가들이 슬픔에 잠긴 해이기도 했다. 그해 존 F. 케네디의 작은 백악관이 있는 키웨스트까지 차를 빌려 다 같이 달려가기도 했다. 끝없이 이어질 듯한 길디 긴 다리가 인상적이었다. 케네디는 기사도의 정신을 갖춘 대통령이며 어려운 이들과 서로 나누며 돕고자 한 사람이라고 들었다. 쿠바를 끼고 미국과 소련이 핵미사일로 일촉즉발 상황까지 갔을 때 이를 해결한 장본인이며, 여러 훌륭한 점을 지닌 사람이어서 존경했다. 그 역시도 텍사스주 댈러스에서 퍼레이드 중에 암살당할 거라고는 차마 상상도 못했다. TV 중계를 보면서 내 자신도 정말로 어떻게 할 수 없는 분노를 느꼈고 눈물을 멈출 수 없었던 기억이 있다.

고요한 파도

케네디의 평화를

키웨스트

波靜かケネディ和平のキーウエスト

그러고 보니 세계적으로 큰 사랑을 받았던 사람들 중에 암살당하거나 약물에 중독되거나 의문의 죽음을 당한 사람들이 참으로 많다. 내가 경애하는 인물 중에 한 분이 체 게바라이다. 게바라의 인기는 오늘날도 시들 줄 모르며, 오히려 팬들이 더 늘고 있다고 한다. 항상 약한 자들의 편에 서고 목숨을 돌아보지 않고 권력에 맞섰던 생애는 얼마나 많은 사람들에게 용기와 감동을 주었는지 모른다. 그 역시도 볼리비아에서 피살되었다. 2000년 전 세상을 구원하러 온 하나님의 아들 예수도 같은 민족에게 십자가에 잔인하게 못 박혀 죽지 않았는가. 변덕스러운 대중들의 뜨거운 관심을 받는 게 좋은 것만은 아니다. 불완전한 존재의 온전하지 않은 관심은 또 다른 감정으로 변질되기 마련이니까.

한번은 캐나다 온타리오주 프린스 에드워드섬 샤를로트를 찾았던 때다. 아들은 갑작스런 연구 스케줄 변동으로 같이 가지 못해서 미안하다며 아내 미유키와 둘이 여행을 잘 다녀오라고 하고는 자기는 빠져 버렸다. 내 상식과 기준으로 갑자기 약속을 바꾸는 행동에 몹시 화가 났지만 조만간 노벨상을 받을지도 모르는 위대한 아들에게 화낼 수는 없는 노릇이었다. 뭣보다 나는 '빨간 머리 앤'의 연고지에 몹시 가 보고 싶었다. 미유키와 같이 호텔에서 1박을 하고 다음 날 아침 프런트로 내려갔다. 아쉽게도 비가 억수같이 쏟아져 내리기 시작했고 그 때문에 앤의 집으로 가는 게 쉽지 않았다. 안 그래도 아들이 함께 오지 못해서 짜증이 났는데 이대로 앤의 집에 가는 것도 포기해야 하나? 나는 괜히 프런트 직원을 재촉하며 이래저래 방법을 찾는데 우연히 두 남성이 옆에서 우리 대화를 들었다. 한 신사가 말을 걸어 왔다.

"이야기를 듣다 보니 저도 앤의 집에 들르고 싶네요. 마침 차가 있으니 함께 가지 않으시겠어요?"

어찌 이리 좋은 타이밍일까! 프런트 직원은 아주 기쁘게 바로 지도를 꺼내 주고 앤의 집, 몽고메리의 묘, 《빨간 머리 앤》의 무대인 그린게이블즈 하우스 등을 꼼꼼히 챙겨 주었다.

동행하겠다는 두 남성은 한눈에 봐도 신사였고 게다가 미남이었다. 짜증스러운 기분은 싹 사라졌고 상쾌한 마음이 되었다. 건강하고 잘생긴 신사와 이 비를 뚫고 빨간 머리 앤의 고향에 가게 되다니 기대보다 흥미진진해졌다.

상냥한 태도로 으리으리한 차의 문을 열어 준다. 귀족이 된 듯한 기분으로 뒷자리에 앉아 신사들에게 말했다.

"당신들을 만나게 되어 얼마나 다행인지요."

"저희들이야말도 두 미인과 함께 빨간 머리 앤의 연고지에 가게 되어 기쁩니다."

왜 이리도 친절한 것일까? 운전하는 신사와 백미러로

슬쩍 눈이 마주친다. 며느리 미유키는 고개가 돌아가게 하는 미인이었다. 아들이 다녔던 의과대학 교수의 비서였던 며느리는 그 당시 의대생들에게 대단한 인기였다고 한다. 내 아들이 어떻게 그런 미인의 마음을 얻었는지 몰라도, 아들이 결혼할 당시 그 의과대학의 학생들에게 큰 화제가 되었다는 얘기를 아들 친구에게 전해 들은 적이 있다. 아들에게 미인을 취하는 용기가 있었다는 사실은 새삼스러웠다.

차에 올라탄 두 남성은 홍콩의 비즈니스맨으로 제약회사에 다닌다고 자신들을 소개했다. 에드워드섬은 수질이 맑아서 여기 공장에서 정제한 약품을 수출한다고 했다.

그들은 궁금했다는 듯 '두 분이 어떤 관계십니까?'라고 물어 왔다. 며느리가 대답을 하려는데, 나는 대답을 하려는 며느리의 팔을 잡았다. 그리고 신사들에게 퀴즈를 냈다.

"우리가 무슨 관계인 것 같으세요?"

운전석의 신사는 백미러로, 조수석의 신사는 뒤를 돌아보며 우리 둘을 번갈아 봤다. 두 신사를 고개를 갸웃

하며 허허 웃는다.

"글쎄요······."

"안 닮은 것 같기도 하고 닮은 것 같기도 하고······ 자매인가요?"

와 하하하하! 사실 말이지 일본에서 친구들은 나에게 묻곤 했다. "대체 윤상의 젊음 비결은 뭐야?" 나이가 육십이 거의 다 되어 가는 미망인이지만 아무도 그렇게 보는 사람은 없었다.

다시 한 번 건재함을 확인한 나는 신사들의 오답을 정정해 주려는 며느리의 입을 막고 기꺼운 마음으로 더욱 활기차게 《빨간 머리 앤》에 대해 알고 있는 지식을 나눠 주었다. 며느리는 내 눈치를 보며 입을 다물었다.

《빨간 머리 앤》은 작가 루시 모드 몽고메리의 첫 소설로, 여러 출판사에 기고했는데 다 거절당하고 오랫동안 자신의 집 다락방에서 빛을 보지 못했다고 한다. 그리고 세월이 흘러 다시 읽으니 아무래도 재미가 있어서 다시 결심하고 출판사에 보냈는데 웬일인지 바로 출판이 결정되었다고 한다. 불가사의한 암흑의 시간이 차차 채워져야 절호의 타이밍이 온다. '절대적'인 것이 어딘가에

있는 듯하다.

신사들은 내가 하는 얘기에 감동하며 즐거워했다. 차를 50분가량 몰아 그린게이블즈 하우스에 도착했다. 다 도착하자 비가 그쳤다. 신사들은 내 뒤를 졸졸 쫓아다니며 내 설명을 들었고 《빨간 머리 앤》의 무대였던 집과 마당을 함께 구경했다. 마당에는 벚꽃나무가 멋졌고, 현관에 큰 화덕이 있어서 앤이 여전히 살고 있는 듯한 따뜻함이 느껴졌다. 2층 베드룸에서 바라보는 경치도 소설 장면을 재현하고 있었다. 방을 돌아보고 나서 마당을 천천히 산책해 보았다. 선물가게에 상품들이 진열되어 있었는데, 책꽂이에 《빨간 머리 앤》이 히트한 뒤로 발표했던 몽고메리의 작품들이 기다랗게 늘어서 있었다. 몽고메리는 이후에도 소설을 썼지만 《빨간 머리 앤》만 한 걸작을 만들어 내지는 못했다고 한다. 두 남자는 바로 《빨간 머리 앤》을 구매했다. 그리고 당장 읽어 보겠다고 했다.

나는 신사들을 식사에 초대했다. 우리는 반짝이는 호수를 보며 아이스크림을 먹고 밤에는 섬의 특산물인 감자 요리를 즐겼다. 나는 인생과 예술을 이해할 줄 아는 이 신사들에게 《바람과 함께 사라지다》의 스칼렛 오하라 못지않은 내 굴곡지고 드라마틱한 인생 이야기를 들려주었다. 한국의 가난한 동네에서 태어나 성장해서 한국 전쟁을 겪고, 부자 남편과 결혼해 일본에서 신데렐라처럼 지내던 이야기, 그리고 남편의 사업이 쫄딱 망해 모든 걸 잃어버리게 되어 맨손으로 다시 사업을 일으켰고 지금에 이르게 된 데까지. 신사들은 내 이야기가 재밌는지 귀를 쫑긋 세우고 들었다. 그리고 이런 이야기는 아무에게나 이야기하면 안 된다며 반드시 소설로 써야 한다고 당부했다.

결국 미유키와 내가 자매가 아니라, 고부 관계라는 것을 밝혀야 하는 순간이 다가왔다. 하지만 고매한 신사들은 전혀 문제 삼지 않는 듯했다. 신사들은 식사 초대에 감사하다고 했고 회사의 일정 때문에 다시 호텔로 돌아가야 한다고 했다. 그러면서 다음에 다시 만날 수 있으면 좋겠다면서 연락처와 이름이 적힌 명함을 건네주었다. 아쉬운 인사를 나누고 신사들은 차에 올랐다. 나는 그들이 보이지 않을 때까지 손을 흔들었다. 내 이야기에 공감할 수 있는 사람들이라면 진정한 신사라고 생각한다. 정말 즐거웠다.

"진짜 좋은 사람들이지 않니?"

옆에 서 있는 며느리를 돌아보는데, 하품을 하다 눈이 마주치자 깜짝 놀란다. 하긴 며느리는 미인이지만 예술과 문학과는 거리가 멀었다. 그들이 떠나자 피곤이 엄습해 왔다. 우리는 앤의 고향인 캐번디시의 호텔에서 1박을 더 했다.

봄비야 앤을
사모해서 찾아온
그린게이블즈
春雨やアンを慕ひ來てダリーンゲイブル

다른 건 몰라도 나는 하루 8시간 잠을 꼭 자야 제 컨디션이 돌아온다. 전날 신사들과의 일정이 피곤했는지 10시간가량 잠을 잤다. 며느리는 아침에 일찍 일어나 주변을 둘러보고 방에 돌아와 있었다.

며느리는 내 옷과 짐들을 손이라도 벨 것처럼 반듯하게 정리해 놓았다. 며느리와 여행할 때마다 느끼지만, 얼마나 잘하는지 사람의 흔적이 사라질 만큼 반듯한 정리

정돈만 남았다.

세 아들 모두 일본 여자와 결혼했는데 며느리 셋 다 모두 정리정돈을 잘한다. 여행을 함께 다니다 보면 너무 반듯하게 해 놓아서 뭔가 만지는 게 송구스럽다는 생각이 든다. 내가 며느리에게 고맙다고 말하면 하이 톤의 목소리로 괜찮다며 손을 휘두른다.

"이렇게 좋은 여행을 데리고 와 주시는데, 이 정도야 얼마든지요."

아침 식사는 절인 채소와 꽉 짠 오렌지 주스였다. 숨 쉴 때마다 몸이 씻기는 듯했다. 그곳에서 눈을 즐겁게 해 주는 건 귀여운 다람쥐와 작은 새들이 노는 모습이었다. 새들에게 방해되지 않게 새들을 보라고 슬쩍 작은 소리로 며느리에게 속삭였다.

"저것 봐! 너무 귀엽지 않니?"

"어머! 그러네요."

며느리도 맞장구친다. 어쩌면 세상은 이리도 아름다울까. 세상 어디를 가도 저녁이 되고 다시 아침이 된다. 새들은 지저귀고 작은 동물들은 먹이를 찾아다닌다. 이런 세상의 조화가 나는 너무나 신기할 따름이다. 눈시울이 뜨거워졌다.

나는 며느리와 감동을 나누고 싶었다. 하지만 며느리의 손에 패션 잡지가 들려 있었고 잡지 속 명품에 빠져 눈이 반짝인다. 며느리가 내 시선을 느꼈는지 눈치를 본다. 그리고 깜짝 놀라, 무슨 일이냐며 티슈를 찾아 내 눈물을 닦아 주었다.

나는 감동을 받으면 눈물이 폭포처럼 쏟아져 나오곤 한다. 더 이상 내가 받은 감상을 입으로 형용하지 않았다. 며느리는 그제야 공감하는 척하며 말을 건넸다.

하지만 진심이 아니면 뭐든 공허하다. 그래서일까? 나는 가식적인 느낌이 드는 일본 여자들의 하이 톤의 목소리가 별로다.

결국 아들은 노벨상을 받지 못했다. 상이라는 게 실력만으로 받을 수 있는 게 아니잖은가. 미국에서 연구를 마치고 일본으로 돌아온 큰아들 부부는 곧바로 별거로 들어갔다. 아들을 설득했지만 아들은 겉과 속이 다른 여자와 살 수 없다고 했다. 어머니는 같이 살아 보지 않아서 모른다고 말했다.

너 역시 만만한 인간 부류가 아니다, 원인이 너에게

있을지도 모른다고 설득했지만 아들은 끝까지 며느리와 합치지 않았다.

큰아들은 마침내 도쿄에 개인 병원을 개업했다. 진짜 의사가 되려면 환자를 직접 진료해야 한다며 진짜 의사의 길을 가고 싶다고 했다.

아들은 현대 의학의 암 치료에 병원의 시스템으로 비롯된 문제가 있다며 항암제를 투여하지 않고 자연 치료를 시도했고 자신의 견해를 담은 책도 여러 권 출간했다. 타협할 줄 모르는 독불장군인 아들의 부러질 것 같은 올곧음과 융통성 없는 성격은 어미로서는 늘 불안하고 조마조마했다.

아들은 바다를 좋아했다. 스쿠버 다이빙을 즐겼고 바닷속 심연에서 사진 찍는 걸 좋아했다. 특히 파란색을 병적으로 좋아하던 아들은 자신의 집도 파란색으로 도배했다. 파란색 안에서 평안함을 느꼈던 것 같다. 암 치료를 위해 평생 연구했던 아들이지만 자신에게 찾아오는 암은 살피지 못했다. 아들은 식도암 판정을 받고 얼마 전에 이 세상을 떠났다.

아들이 남긴 유품은 스쿠버 다이빙을 하며 바닷속에

서 찍은 사진과 자신의 그림들이었다. 파란 바다 사진도 자신의 그림도 파란 액자에 넣어 보관하고 있었다. 나는 한동안 아들이 남긴 유품을 집 안 여기저기에 두었다. 아들의 유품이 들어오면서 집 안이 온통 파란색이 되었다. 먹먹하고 깊은 바다가 집 안으로 침범했다.

그때 남편의 사업이 망하지만 않았어도 다른 엄마들처럼 온종일 아들 곁에 있으면서, 적당히 생각하고 대충 넘어가는 법을 알려 줬으면 좋았을 텐데……. 아들을 너무 외롭게 놔둔 것은 아닐까.

돌이킬 수 없는 일들이 떠올라 마음이 먹먹하고 아프다. 아들이 의사가 되지 않고 그림을 그렸다면 어땠을까? 아들이 몹시 그립다.

가을바람에

섬에서 섬으로

물드는 단풍

モミジ風島から島へ吹き抜けり

오래된 정원
장밋빛 석양이
여행을 위로하네

한 사람만을 위한

라이브

브라이턴, 2006년, 내 나이 일흔일곱

손녀 모모의 졸업식에 참석하기 위하여 스코틀랜드의 글래스고 미술대학교를 방문했다. 모모가 졸업한 미술대학이 있는 글래스고는 스코틀랜드에서 가장 아름답고 세련되며 오랜 역사가 그 무게감을 더하는 아주 멋진 도시이다. 졸업식의 프로그램과 이벤트 등등 가족과 함께 즐거운 시간을 만끽했다.

이후 모두 함께 에든버러에 체류했고, 나는 일정대로 캔터베리에서 일을 보고 목적지인 브라이턴에 도착했다. 내 여행 스타일로 우선 영국식 B&B를 잡았다. 브라이턴에 잡은 B&B는 새롭게 단장한 깨끗한 펜션이었다.

오래된 3층 건물에서 내 방은 반지하였지만, 작은 정원이 있어서 아주 쓰기가 편했다. 이 펜션에서 휠체어를 탄 모친을 돌보는 젊은 남자를 우연히 만났다. 현관으로 들어서면 바로 왼쪽 방의 문이 항상 열려 있어서 방 안이 다 보였다.

열린 문을 통해 방 안을 들여다보는데 깜짝이야, 남자가 불쑥 나와 문을 닫아 버린다. 내가 자기 방을 들여다보는 게 싫었나 보다. 나는 조금 민망한 기분이 들었다.

그 남자가 마당에 모친을 모시고 나왔다. 모친은 심한 치매를 앓는 듯 보였다. 효도 장면을 그린 그림처럼, 40대 초반인 젊은이가 곁에서 모친을 돌보고 있었다. 그 모습은 아주 인상적이었다. 그 모습을 바라보고 있는데 남자와 눈이 마주쳤다.

나는 저번 때처럼 무안을 당하지 않으려고 눈을 피하려는데, 남자가 먼저 인사를 걸어왔다. 그제야 안심하고 나도 인사를 건넸다.

"안녕하세요."

갑자기 가슴이 두근거렸다. 건강상의 문제인가 급히 내 방으로 돌아와 안정을 취하기 위해 침대에 누웠다. 영양가 없는 생각이 머리에 맴돌았다.

'그 남자 나를 몇 살로 볼까?'

피난 시절 부산의 해운대에 있는 레스토랑에서 남편을 처음 만났다. 엄밀히 말하면 처음은 아닌 게, 남편은 나를 계속 눈여겨봐 왔고 마침내 나와 선을 주선해 달라고 지인에게 부탁했다고 했다. 나는 결혼할 생각이 전혀 없었다. 하지만 늘 신세지는 분의 간곡한 부탁이어서 예의상 맞선 자리에 나가지 않을 수가 없었다. 축음기 소리였을까 레스토랑에서는 매끄럽지 않은 음향의 첼로 선율로 엘가의 〈사랑의 인사〉가 흐르고 있었다. 서양식 레스토랑이었는데 그 당시 아주 고급 식당이었던 것으로 기억한다. 나는 맞선 자리가 아주 어색했고 나답지 않게 많이 떨렸다. 남편은 양복 주머니에 행커치프로 멋을 낸 모던한 신사였다. 나는 주문한 햄버거스테이크가 나왔지만 테이블에 늘어져 있는 포크와 나이프가 부담스러워 어떻게 먹어야 할지 망설여졌다. 포크와 나이

프를 들고 곁눈질로 남편이 하는 대로 따라했다. 나는 남편의 모습을 계속 바라보며 태어나서 이렇게 아름답게 식사하는 사람은 처음 봤다고 생각했다. 양복을 입은 반듯한 신사가 반듯하게 칼질하고 접시를 깨끗하게 비우는 그 모습이 그렇게 아름다울 수가 없었다. 식사하는 모습도 저렇게 아름다울 수가 있구나!

나는 남편의 식사하는 모습을 보고 반해 버렸다. 하지만 그 때문에 결혼한 것은 아니다. 당시 내게는 꿈이 있었고 그 꿈이 하나씩 실현되고 있었기 때문이다.

나는 영화 시나리오를 써서 가난하고 조용한 이 나라를 세계 사람들에게 알리고 싶었고 그때 당시 시카고 대학의 영화과에 입학 허가도 받아 놓은 상태였다. 신체검사가 통과되면 미국으로 떠날 예정이었기에 남편이 나에게 정식으로 청혼했지만 그 청혼을 받아들일 수 없었다. 남편은 포기하지 않고 부모님과 지인을 만나 적극적으로 대쉬해 왔고 그 정성에 감동한 어머니가 나를 설득하기 시작했다.

"몸도 약한 네가 시카고 그 추운 곳으로 간다고 했을 때부터 걱정이 돼서 잠이 오지 않았단다. 꼭 미국에 가야겠니?"

엄마의 설득은 내 마음을 움직였다. 나는 남편에게 공부를 계속 할 수 있게 도와주겠다는 약속을 받고 마침내 결혼을 승낙했다. 남편은 우리 집에서는 아무것도 준비할 게 없다고 말을 해 놓았다. 나중에 들은 얘기지만 어머니는 막상 시집을 보내자니 걱정이 됐는지 남편에게 이렇게 말했다고 한다.

"저 아이는 쌀이 어떻게 밥이 되는지도 모르는 아이예요."

어머니는 밥 짓는 것조차 가르치지 못했다는 걸 후회하고 또 걱정스런 심정을 그리 말했을 것이다. 하지만 남편은 그런 말을 들었는데도 전혀 실망하지 않았다고 한다.

"어머니, 걱정하지 마십시오. 밥이야 식모를 시키면 되는 거 아니겠습니까?"

성공한 재일교포 사업가와 넉넉지 않은 구둣가게 딸의 결혼에 대해 주변 사람들은 신데렐라 결혼이라고 했었다. 남편은 약속대로 일본에 가서도 손에 물을 묻히지 않고 내가 하고 싶은 공부를 할 수 있게 도와줬다. 그때 당시 일본에는 한국에서 볼 수 없는 많은 책들이 있었고 문화 예술을 찾아 즐길 수 있는 길이 열려 있었다. 일본에 가자마자 나는 다양한 문학과 예술을 흡수했다.

영국 민박집의 젊은 남자를 보고 남편을 떠올렸던 것은 왜일까? 그날 저녁에 젊은 남자를 다시 만났는데, 예의 바른 태도로 인사했다. 남편과 같은 대머리를 반짝이며…….

어쩐 일인지 그 젊은 남자는 19세기 신사의 모습으로, 모친은 몸에 빅토리아풍의 화려한 장신구를 달고 머리에 진짜 티아라까지 쓰고 있었다. 젊은 남자가 치매 걸린 모친을 모시는 것도 특이했지만, 19세기 복장을 한 남자와 모친은 기이했다.

모습을 보고 놀란 나는 말도 못하고 그저 그 앞에 서 있었다. 모친은 내 시선을 느끼자 상냥하게 웃으며 여왕처럼 인사를 건넸다. 젊은 남자는 의아해 하는 내 시선을 알아챘는지, 자신들의 복장에 대해 설명했다.

"변장 파티라서 이렇게 입어 봤습니다. 바쁘세요?"

"네? 바쁜 일은 없습니다만……."

"괜찮으시면 파티에 함께 가지 않으시겠어요?"

"나는 아무 옷도 준비되지 않았는데요?"

"그냥 그대로 가셔도 괜찮습니다."

나는 호기심이 발동하여 동행하게 되었다. 그의 설명에 따르면 그룹의 파티가 있어서 치매 모친을 모시고 여기에 왔다고 했다. 그 그룹이란 가족 중에 장애가 있는 사람들이 모여 만든 그룹이며, 그냥 모여서 의견을 나눈다거나 정보를 교환하다가 차차 파티를 열게 되면서 이런 형식까지 왔다고 한다.

1년에 두세 번 영국의 각 지방에서 모여들었고 그러다가 당번제로 주최자가 된 가족이 아이디어를 내고 장소도 골랐다고 한다. 이번에는 브라이턴으로 정했고 오페라를 한다고 했다.

오늘 밤 모임 장소는 브라이턴 해안 거리의 중앙에 위치한 호화 호텔이었다. 이 그룹 멤버들은 꽤 성공하여 지위가 높은 사람들이었고 가족 단위로 모였다.

맛있는 디너를 먹는 동안 오늘의 주제인 오페라의 막이 열렸다. 제목은 베르디의 〈일 트로바토레〉고, 주인공은 유럽에서도 유명한 테너 가수였다. 낯익은 이 오페라가 나는 좋았다. 덕분에 느닷없이 참석한 나도 완전히 몰입해서 즐겼다.

한 명의 가수가 극 중 여러 역을 연기하면서 노래했다. 각 테이블을 돌면서 가족 중 장애인과 자연스런 스킨십을 주고받았다. 장애인들도 완전히 흥이 났고 다른 가족들도 다 함께 행복을 만끽하는 모습이 아름답고 인상 깊게 새겨졌다. 상상도 할 수 없었던 상황이라 내심 놀랐고 모든 진행이 물 흐르듯 자연스러워서 감동했다.

나는 또 주책없이 솟는 눈물을 억누르기 힘들었다. 젊은 남자가 손수건을 건넸다. 나는 허겁지겁 손수건으로 눈물을 닦았다. 남자는 내 어깨를 따뜻하게 감싸 주었다. 갑자기 가슴이 두근거리고 몸에 지진이 났다.

나는 마치 12시 마법이 풀리기 전 돌아가야 했던 신데렐라처럼 오페라가 일단락되었을 때 사람들이 오고 가며 정신이 없는 틈을 타서 파티장에서 빠져나왔다.

몸살감기인가? 나이가 들면 북받치는 감정도 몹시 피곤하다. 더 이상 감정에 몸을 맡겼다가는 파도에 휩쓸려 나갈 것 같아 숙소에 돌아오자마자 침대에 누워 잠을 청했다.

다음 날 아침 식사를 마치고 둘째 아들 부부와 모모, 그리고 둘째 손녀 하나와 만나 명소를 몇 곳 다니고 나서 펜션으로 돌아왔다. 이제 귀국을 서두르려고 위층으로 올라갔다.

경대 위에 젊은 남자가 빌려 준 손수건이 보였다. 어제 받은 손수건이다. 초대 받은 파티에서 먼저 나온 것도 실례인데 손수건까지 가져가면 큰 실례이다. 손수건을 그냥 주거나 아니면 손수건이 더럽혀졌으니 주소라도 받아 세탁해서 보내주던지 일단 만나서 물어봐야 했다. 손수건을 들고 펜션을 두리번거렸다. 남자의 방이 열려 있었고, 그 안에 훌륭한 첼로가 세워져 있는 게 눈에 들어왔다. 나도 모르게 말해 버렸다.

"어찌 이리 아름다운 첼로가!"

그 소리를 듣고 방안에 있던 남자가 나왔다. 나는 어제 빨리 돌아온 것에 대해 사과하며 민망한 표정으로 손수건을 건넸다. 하지만 남자는 손수건을 받고 전혀 신경 쓰지 않는 듯 나를 보고 반갑게 웃으며 내가 돌아간 이후 파티에 대해 말해 줬다.

"첼로 좋아하세요?"

"너무 좋아해요. 음색이 깊고 그 중후함을 아주 좋아해요."

"좋아하신다면 한 곡 켜 드릴까요? 저는 첼리스트니까요."

그는 첼리스트였다. 나는 그와 정원에 섰다. 장미꽃 향기가 다가왔다. 일층의 막다른 곳이 작은 정원이었다. 낡은 벽돌로 쌓은 벽은 담쟁이덩굴이 얽혀 고색창연했고 노란 장미꽃이 휘휘 많이도 흔들렸다.

"어디가 좋을까……."

중얼거리면서 그는 팔 받침 달린 의자를 가져와서 장미꽃들이 흔들리는 가지 밑에 두었다. 나에게 앉으라고 권하고 그는 바로 옆 바위 위에 앉아 숨을 한 차례 골랐다.

어느새 그는 첼리스트 면모 그대로 화폭에 담긴 듯했다. 장미가 흔들리며 떨고 낡은 벽에 붙은 쑥이 숨을 몰아쉬었다. 작은 정원의 공기는 첼로의 선율을 따라 미동했고 석양은 음색을 놓치지 않고 비췄다. 마음 깊은 곳에 와닿았다. 소박한 정원 무대에서 이토록 아름다운 음색이 내 마음을 거칠게 움켜줄 줄이야. 눈물샘이 완전히

열리고 말았다.

오래된 정원

장밋빛 석양이

여행을 위로하네

古い庭にバラのたそがれ旅癒す

가을 맑구나

첼로로 연주하는

아베 마리아

秋澄むやチエロは奏でろアベマリア

첼로 소리로

찬미하는 성모여

장밋빛으로

チエロの音の聖母賛美やバラ色に

〈아베 마리아〉에 이은 곡은 바흐의 〈무반주 첼로〉였
다. 음의 묘한 세계는 나를 무한의 궁지로 몰아갔다. 연주가 끝나고 그는 차분한 말투로 물었다.

"감사합니다. 혹시 듣고 싶은 곡이 있으세요?"

"엘가, 〈사랑의 인사〉는…… 그 곡을 들을 수 있을까
요?"

젊은 남자는 〈사랑의 인사〉를 연주하기 시작했다. 60
여 년 전 부산의 해운대 레스토랑에서 남편을 처음 만났
을 때 들었던 그 곡을 들으니 주체할 수 없을 감격의 끝
으로 치닫고 말았다.

나의 뜨거운 시간이 흘러가는 것 같았다. 이 나이까지
멋진 음악회를 꽤나 다녔지만, 이 브라이턴의 민박집 이
끼 낀 정원에서 그리고 장미꽃에 둘러싸여 들은 '한 사
람을 위한 라이브'는 내 마지막 순간에 이르기까지 결코
잊지 않을 것이다.

그 음악을 끝으로 젊은 남자에게 감사의 인사를 하고
그길로 공항에 갔다. 그는 내가 왜 그렇게 울었는지 알
지 못했으리라. 부끄럽긴 했지만 기분은 몹시 상쾌했다.

가을 높구나
성인의 노래를
종으로 들네

아시시, 내 마음의

여행

제목자, 1975~1998년, 내 나이 마흔여섯에서 예순아홉

내가 처음 아시시 땅을 밟은 것은 1975년이다. 아시시는 동네가 좀 높은 곳에 위치해 있다. 때마침 마을 광장에는 동네 사람들이 모두 나온 듯 칼렌디마지오 축제가 한창이었다. 축제는 13세기 의상과 풍습을 재현한 콘셉트로 진행되었는데, 타임머신을 타고 과거로 돌아간 듯했다. 어느덧 하늘이 노란빛으로 변해 갈 즈음, 어디선가 종소리가 울렸다. 종소리는 언덕으로, 전원으로, 시가지로, 그리고 하늘로까지 퍼지며 마치 성스런 세계의 교향

악과 같았다. 내 인생 최고의 경험이었다. 그 감동을 잊을 수 없어 그 후로도 여섯 차례나 아시시를 방문했다.

로마나 나폴리에 갈 일이 있으면 틈나는 대로 버스를 타고 아시시에 들렀고, 처음 갔을 때 머물렀던 여관에 짐을 풀고 광장으로 나가 가만가만 종소리를 기다렸다.

갈 때마다 재미난 축제가 열렸다. 중심가에 상을 길게 늘어뜨려 놓고 스파게티를 서로 대접하고 맛을 경쟁하는 스파게티 축제, 또 성 프란치스코의 영향을 받아 수녀가 된 귀족의 딸 클라라를 기념하는 축제에 참여하기도 했다. 아시시는 내가 사는 곳과 거리상 아주 멀었지만 너무나 정겹고 살갑고 다정한, 달리 표현할 말이 없을 정도로 특별한 곳이다. 한번은 아시시에 지진이 크게 났다는 뉴스를 듣고 걱정이 돼서 확인하러 간 적도 있다.

둘째 아들 부부와 함께 아시시에 갔을 때다. 아마 이때가 마지막 방문이었던 것으로 기억한다. 종소리가 시작되자 둘째 며느리 히도미가 주저앉더니 흐느끼기 시작했다. 히도미는 눈물이 그렁그렁한 채로 나를 보며 말했다.

"어머니, 이곳에 데려와 줘서 진짜 감사합니다. 감사합니다."

종소리가 내 마음을 움직였듯이 며느리의 마음도 움직였나 보다. 인류는 아름다운 종소리를 내기 위해 노력했고 이렇게 만들어진 종소리는 인간의 영혼을 뚫고 지나간다. 공기를 타고 넓게 퍼지는 그 소리는 이 세상의 소리가 아니다. 지금 살고 있는 도쿄의 요츠야역 주변에 성 이냐시오 성당이 있다. 그 성당에서도 어김없이 오후 5시가 되면 종소리가 울려 퍼진다. 어디에 있던지 그 소리를 듣는 순간, 하던 일을 멈추고 내가 속해 있는 시간과 공간에서 벗어나 영원의 시간과 만난다. 요츠야역의 많은 사람들, 바쁘게 걸어가던 사람들조차도 종소리에 잠시 발걸음이 느려진다. 어떤 상황에 있더라도 종소리는 상황을 변화시킨다. 화가 나 있다면 화를 누그러뜨린다. 어떤 생각에 집착하고 있다면 그 집요함에서 벗어나 쉬게 한다. 마치 종소리는 천상의 언어로 무슨 말인가 하고 싶어 한다. 종소리가 하는 말은 평화가 아닐까? 하늘과 땅의 평화, 사람과 사람 간의 평화, 너와 나의 평화……

하늘 높이

노래하는 작은 새도

찬미와 감사

天高く小島のうたも讃美と感謝

가을 높구나

성인의 노래를

종으로 듣네

秋澄むや聖人の唄を鐘に聴く

재잘거리네

어제 오늘 내일로

평화라고

囀りや昨日今日明日へと平和なれ

　사람에게 영혼이 있음을 단 한 번도 의심해 본 적이
없다. 언어와 지식, 상식이라는 테두리 안에 양심이 심
겨져 있다. 그 양심은 하나님이 내게 세워 놓은 법이다.
누가 가르치지 않았지만 그 법에 따라 내 양심이 작동한

다. 육신이 늙어감에도 내가 행복한 까닭은 세상이 끝나도, 이 세상이 없어져도 내가 갈 곳을 알기 때문이다. 영원의 세계, 고통이 끝나는 곳, 완전한 곳, 온전한 기쁨이 있는 곳, 모순이 존재하지 않는 곳이 반드시 있다.

내 생각의 뿌리에는 어머니가 있다.

부유한 한의사 집 딸로 태어나 먹고사는 문제로 걱정 없이 성장했던 어머니는 가난한 아버지와 혼인했다. 그 시절 중인이었던 어머니 집안은 뼈대 있지만 가난한 양반 가문에 딸을 결혼시켰다. 아버지 집안은 가난했지만 학문하던 양반 집안이어서 그 영향을 받은 아버지는 특히나 그 당시 새로운 학문과 예술을 좋아했고, 새로운 문물에 빠져 계셨다. 처음으로 영화라는 걸 접한 아버지는 영화의 매력에 빠져들었고 급기야 모든 걸 뒤로한 채 만주로 떠났다. 만주로 떠나 영화를 좀 더 본격적으로 하고 싶으셨던 것이다. 누가 봐도 잘생겼던 아버지는 특히나 영화배우가 되려 하셨다고 한다. 예술적인 안목과 매너, 외모까지 잘생겼던 아버지지만 어머니에게는 새로운 고난의 이름이었다.

젖도 안 뗀 나와 뱃속의 여동생을 데리고 먹고사는 일을 떠안은 어머니는 생계 걱정을 하게 되었다. 지금이야 친정에 도움을 받으면 되지 않을까 싶지만 그 시절은 너무 가혹하게도 결혼한 여자는 친정 쪽은 절대 돌아보면 안 되고, 죽더라도 그 집 귀신이 되라는 관습이 깊게 뿌리박혀 있던 터라 어머니는 친정에 손을 내밀 수 없었다. 그때 어머니는 겨우 스무 살이었다.

처음 닥친 고난에 어머니는 많은 생각을 하게 되신 것 같다. 나를 등에 업고, 뱃속에 태어나지도 않은 여동생을 키우며 어머니는 내일 당장 무엇을 먹을지, 어떻게 살지 막막했다.

'모두 같이 죽어 버릴까······.' 그때 어머니를 살린 것이 바로 성당의 종소리였다고 한다. 어머니는 종소리를 쫓아 발걸음을 움직였다. 그 당시 인천시내 한복판 답동의 나지막한 언덕 위에 성당이 있었다. 만만치 않은 언덕이어서 성당에 올라가려면 가파른 계단을 밟고 올라야 했다. 임신한 어머니는 한 계단 한 계단, 힘들었지만 종소리가 들리는 성당을 향해 올라갔다.

바로 성당 첨탑에서 울리는 종소리가 어머니를 신에

게로 이끈 것이었다. 어머니는 그곳에서 생전 처음 낯선 광경을 바라봤다.

십자가 사형대에 매달려 있는 벌거벗은 남자였다.

'아니, 저 사람은 왜 저러고 있을까?'

기독교에 전혀 무지하던 어머니에게 십자가의 예수님은 무척 고통스럽게 보였다. 때마침 어머니 앞에 외국 신부님이 나타났고 신부님은 십자가에 매달린 남자가 누구인지 설명해 줬다고 한다.

"저 분은 우리를 구원하기 위해 내려온 하나님입니다."

"아니 이상하기도 하네요. 하나님이 왜 저러고 계십니까?"

"우리를 죄에서 구원하기 위해 스스로 제물이 되신 것입니다."

"제사 지낼 때 제물 말하는 건가요?"

"저 분이 저리 되지 않았으면 아무도 영원한 천국에 들어갈 수 없었을 겁니다."

흉측한 모습의 십자가에 매달린 남자가 하나님이라고 해서 놀랐던 어머니. 세상의 죄 때문에 죄를 없애려고 우리 대신해서 제물이 되신 하나님 이야기는 어머니에게 신선했다. 어머니에게 신이란, 명령하고 군림하는 분일 거라고 생각해 왔던 것이다.

그날부터 어머니는 성경을 배우기 시작했다.

하나님이 왜 구유에 태어났을까? 하나님이 왜 십자가에 처형을 당해야 했을까? 어머니가 생각하던 하나님과는 완전 딴판이었다. 인간을 향한 신의 사랑을 깨닫게 되었다.

"하나님이 세상을 이처럼 사랑하사 독생자를 주셨으니 이는 저를 믿는 자마다 멸망치 않고 영생을 얻게 하려 하심이니라."

요한복음 3장 16절.

그때부터 어머니는 십자가에 매달린 예수님을 사랑했다. 예수님에 대한 사랑과 믿음은 어머니를 변화시켰고 어머니의 생활은 점차 밝아지고 달라졌다. 자신의 운명이 원망스럽고 슬프기만 했던 어머니는 사랑의 힘으로 바쁘고 활기찬 삶을 살기 시작했다. 당신의 생활도 넉넉하지 않지만 자신보다 힘든 이웃을 위해 희생하며, 사는 것을 힘들어 하는 사람들에게 독생자 예수님을 소개하고 자신이 받은 위로를 남들도 받을 수 있도록 하는 걸 소명으로 알고 살았다고 한다. 어머니는 사랑방에 세를 놓고 삯바느질을 했다. 그 즈음 영화배우가 되기를 포기하고 아버지도 만주에게 돌아왔다.

아버지는 생계를 위해 수돗물을 팔기 시작했다. 집에서 멀지 않은 인천 수도국산에서 연결되어 온 우리 집 앞 수도에 물을 담을 통을 길게 늘어뜨리고 자기 차례가 오기를 기다리는 마을 사람들이 줄을 섰다.

어머니는 어린 나에게 사람들이 새치기 못하게 감시하는 일을 맡겼다. 나는 눈을 부라리고 야무지게 동네 사람들을 감시했다. 그때부터 동네 사람들이 윤 씨네 집 장녀 득한이는 예사롭지 않은 아이라고 수군거렸던 것 같다. 어머니는 물만 파는 게 아니라 물을 길러 오는 가난한 지게꾼들의 생활 형편도 꼼꼼히 살피고 도움을 줬다.

마을에 광태라는 이름의 오빠가 있었다. 평소에는 보이지 않다가 어느 밤 갑자기 나타나 어머니가 한상 차려준 밥을 먹고 가는 오빠였다. 나타날 때마다 재미난 소설책을 선물해 주고 재밌는 이야기를 들려주곤 했기에,

난 광태 오빠를 늘 기다렸다. 오빠가 건네 준 소설 중에 제일 재밌는 책은 《홍당무》였다.

집안에서 구박받던 주인공이 성장하는 이야기는 어린 내가 구십이 넘도록, 거의 한 세기를 사는 동안 잊을 수 없는 재미와 감동을 선사했다. 오랜 동안 오빠가 오지 않자, 오빠 소식이 궁금했던 나는 어머니에게 오빠가 언제 오냐고 물어봤지만 어머니는 때가 되면 오겠지라고만 대답해 주었다. 나중에, 아주 나중에 알게 된 사실이지만 광태 오빠는 독립운동을 하러 다녔다고 한다. 어머니는 알면서도 나에게도 그 사실을 비밀로 하고 광태 오빠가 나타날 때마다 든든히 챙겨 먹였던 것이다.

그 당시 나는 일본인 학교에 다녔다. 일제강점기에는 절대 한글을 쓰면 안 되었고 심지어 동네 사람들끼리 나누는 평범한 대화도 일본말로 해야 했다. 해방이 가까워질수록 일본 경찰들의 감시는 살벌했고 철저하게 통제했다. 일본 경찰 앞에서 자칫 '엄마야!'라는 감탄사라도 쓰면 즉시 잡혀가고 말았다. 그럼에도 불구하고 어머니는 어떤 확신이 있었는지 나에게 비밀리에 한글을 가르쳤다.

몰래 부엌으로 들어오라는 손짓을 해서 조용히 문을 닫고 들어가면, 어머니는 부엌문을 꼭 걸어 잠그고 아궁이에서 재를 꺼내 넓게 펼쳐 놓았다. 그리고 먼저 아주 작은 소리로 주의를 주었다.

"이것은 너와 나의 비밀이다. 동생들한테도 절대 말하면 안 돼!"

나는 진지하게 고개를 끄덕였고 어머니는 확인을 단단히 받은 뒤 소나무 재 위에 기역, 니은을 반복해서 쓰고 지우며 몰래 한글을 가르쳤다. 뭔가 배우고 익히는 데 명석했던 나는 어머니가 소나무 재 위에 쓰는 한글을 쏙쏙 흡수했다.

1945년, 해방이 되어 마을에 있던 일본 경찰들이 사라지고 세상이 달라졌다. 마을에 한글 학당이 여기저기 생겼고, 일본말에 길들여진 사람들은 어른 아이 할 것 없이 학당에 모여 다시 한글을 배워야 했다.

나는 어머니 덕분에 이미 한글로 이광수의 소설도 읽는 수준이었기에 다른 아이들처럼 학당에 가서 한글을 배울 필요가 없었다.

노랗게 개나리 필 무렵, 혼자 부둣가에 나가 개나리 나뭇가지를 흔들며 인천의 부둣가를 걷던 기억이 선명하다. 그리고 멀리 수평선을 바라보며 스스로에게 다짐하곤 했다.

"이 지긋지긋한 가난이 싫다. 언젠가 저 멀리로 나가야지."

그때쯤 내게 《리더스 다이제스트》라는 얇은 영어 잡지가 두 권이 생겼다. 그때부터 난 영어 공부를 시작했고 그 책을 토시 하나도 빼지 않고 완벽하게 달달 외웠다. 가난을 벗어나기 위해서는 바다 건너 사는 사람들의 언어를 구사할 수 있어야 한다!

그리고 가난한 수도국산을 빠져나가야 된다!

부모님을 설득해서 가난한 수도국산을 떠나 아랫동네로 이사를 가자고 했다. 산 위에 살던 우리 집은 경제적인 부담을 안고 아랫동네로 이사해서 구둣가게를 차렸다. 아버지는 구두를 만드는 기술이 없었지만 구두 장인이었던 사랑방에 하숙하던 아저씨를 어머니가 설득해서 함께 장사를 벌였다. 처음에는 장사도 생각처럼 안 되고 생활이 어려웠다. 그럴 때마다 아버지가 나를 원망했다.

"저년 말만 듣고 내려왔다가 굶어 죽게 생겼네."

하지만 미군들이 구두를 수선하러 오갔고 한 번 왔던 미군들이 구두 수선을 계속 맡겼다. 그럭저럭 생계를 유지하게 되었다. 구둣가게는 어머니의 일이었고 아버지는 외국 영화를 수입해서 인천의 작은 극장에 상영하는 일을 했다.

그 피가 내게도 흘렀기에 나 역시 당시 상영하는 영화는 모두 보고 다녔을 뿐 아니라, 영화 속에 나오는 스토리는 물론이고 미술, 그러니까 배우가 입은 의상과 집 인테리어까지 꼼꼼히 들여다봤다. 시장에서 천을 끊어다가 영화에서 본 것처럼 방을 꾸미기도 하고 유행하는 옷을 지어 입기도 했다. 내 옷뿐 아니라 여섯이나 되는 동생들의 옷도 만들어 주었다. 나는 뭐든 적극적이었고 극성이었다.

그 당시 시험만 보면 고등학교를 졸업하지 않고도 대학에 들어갈 수 있는 제도가 있었는데 덕분에 나는 고등학교를 졸업하지 않고 열일곱에 중앙대학 경제학과에 입학했다. 그 당시 서울 신당동에 은행 중역으로 계셨던 외삼촌이 살고 있었는데—당시 신당동은 아주 부촌이었고 은행 중역이라면 대단한 상류층이었다—나는 외삼촌 댁에 머물면서 대학교를 다녔다. 그때까지 인천에서 가난하게 살던 나는 외삼촌 덕분에 상류층 사람들의 생활을 경험할 수 있었다.

하지만 그 생활이 오래가지 않았고 곧 바로 6·25 전쟁이 발발했다. 신당동 외삼촌 집에 있던 나는 한강 다리가 끊겨 피난을 가지 못했다.

신당동에 숨어 지내던 어느 날, 인민군이 남쪽으로 내려오면서 신당동 집을 기습해 사촌 오빠들을 잡아가려고 했다. 급했던 사촌 오빠들이 다락에 숨었지만 인민군 장교가 기어코 사촌 오빠를 찾으러 집 안 수색을 명령했다. 그때 나는 용기가 어디서 났는지 위기를 모면해야 한다는 마음으로 인민군 장교 앞을 막아섰다.

"넌 뭐야? 비켜!"

인민군 장군은 나를 묘한 눈빛으로 바라봤다. 나는 기죽지 않고 인민군 장교의 눈을 똑바로 바라보며 말했다.

"우리가 왜 싸워야 하나요? 우리는 한 동포 한 민족 아닌가요?"

무슨 용기로 그랬는지 모르겠지만 쓰러질 듯 다리가 바들바들 떨렸음에도 인민군 장교를 향해 소리쳤고, 인민군 장교는 나를 이상한 눈빛으로 바라보더니 눈을 내리깔았다.

그리고 병사들에게 명령했다.

"가자!"

집 안을 수색하던 병사들은 인민군 장교의 말을 듣고 사라졌다. 다락에 숨어 있던 사촌 오빠도 나도 아슬아슬하게 위기를 모면했다.

우여곡절 끝에 나는 외할머니를 모시고 총성이 들리는 서울을 떠나 걸어서 시신들을 넘기도 하며 인천 집까지 돌아왔지만 인천에서 다시 가족과 뿔뿔이 흩어져 부산으로 피난해야 했다. 나는 바로 아래 여동생과 피난길에 올랐다.

대구까지 피난을 내려갔을 때다. 어둔 밤 대구에 도착했는데 당장 어디서 지내야 할지 몰라 헤매다가 기적처럼 대학에서 알게 된 왕 교수님을 만났다.

나는 도와 달라고 왕 교수님에게 매달렸고, 내 딱한

사정을 알게 된 교수님은 숙식과 아르바이트까지 해결할 수 있는 집으로 안내해 주었다.

왕 교수님이 나를 데리고 간 곳은 대구의 어느 장군집이었는데, 나는 그곳 마나님 자매에게 영어를 가르치며 숙식을 신세졌다.

그리고 대구 미군 부대에서 사무직으로 일하게 되었고 전쟁 중이었지만 미군들의 도움을 받아 미국 유학의 계획까지 세울 수 있었다. 낮에는 미군 부대에서 일하고 밤에 돌아와 마나님 자매에게 영어를 가르쳤다. 마나님은 매우 교양 있고 덕이 있는 분으로 아침에 출근할 때마다 정성스럽게 도시락을 싸 주곤 했다.

나중에 알고 보니 그 대구 장군 집은 박정희 장군의 집이었고 내가 영어를 가르쳤던 마나님은 육영수 여사였다. 장군이었던 박정희 전 대통령은 내가 머무는 동안 딱 한 번 그 집에 왔는데, 그것도 한밤중에 군인들을 데리고 와서 시끌벅적한 회식을 했던 것이 기억난다.

우리 가족은 전쟁이 끝난 뒤 한자리에 모였고 구둣가게를 다시 열었다. 전쟁 전보다 구두는 훨씬 잘 팔렸고 번성했다. 인천에 더 많은 미군들이 다녀갔기 때문이다.

나는 그 즈음 재일 교포와 결혼하고 일본으로 건너갔지만 첫째 딸이기 때문인지 항상 친정에 대한 책임감을 갖고 있었다.

가족의 크고 작은 일을 챙기기 위해 한국과 일본을 빈번하게 오갔다. 한일협정을 맺기 전이던 당시는 한국과 일본을 맘대로 다닐 수 없었지만 사업하는 남편 덕에 비자를 빨리 받아 다닐 수 있었다. 부모님도 어려운 일이 있을 때마다 나를 찾았다. 전쟁도 끝이 나고 그때까지 남편의 사업도 잘되었고 친정의 구둣가게도 번성하여 이제는 걱정 없이 살 만하다고 생각될 즈음이었다.

어머니가 폐암에 걸렸다는 소식을 들었다. 칠형제를 낳고 기르며 배고프고 가난한 살림을 혼자 떠맡다시피 한 어머니. 좋은 곳에 모셔다가 맛있는 거 잡숫게 해 드리고 좋은 곳을 여행시켜 드리지도 못했는데, 이럴 수가!

이웃에게 친절하고 희생적인 어머니가 이제 좀 다리 뻗고 자려나 싶었는데 병에 걸리다니.

하나님, 어찌 이러실 수가 있나? 너무하신 거 아닌가

요? 소식을 듣자마자 하나님을 원망했다.

생각해 보면 어린 시절 단칸방에서 가족 모두가 모여 살던 시절, 아버지는 어머니와 어린 자식들이 있는 좁은 방에서 계속 담배를 피워댔다. 그 좁은 방에서 들이마시던 아버지의 담배 연기는 나와 어머니의 폐를 공격해 마침내 어머니를 폐암에 걸리게 했고, 나 역시 폐가 좋지 않아 여러 병으로 고생하게 만들었다.

어머니는 돌아가시는 마지막 순간까지 이웃을 생각하셨다. 내가 한국에 들어오려는데 세 아들들이 안 입는 옷과 양말들을 챙겨 갖고 오라고 하였다. 아무리 낡아도 꿰매서 깨끗하게 해 놓으면 요긴하게 입힐 아이들이 있다면서 말이다.

나는 병실에 간이침대를 갖다 놓고 어머니 옆을 지켰다. 어머니는 어린 아들들이 입던 옷과 양말을 정성껏 기워서 얌전하게 접어놓고는, 나에게 이건 누구네 집, 이건 누구네 집에 갖다 주라고 부탁했다.

그러던 어느 날이었다.

간이침대에서 새우잠을 자고 있다가 어머니의 거친

숨소리에 잠에서 깼다. 어머니의 모습이 몹시 괴로워 보였다. 나는 어머니 앞에 다가가 어머니의 고통을 바라봤다.

"어머니, 괜찮아? 의사 부를까?"

"우리 예수님…… 우리 예수님……. 십자가에 매달려 얼마나 아프셨을까."

어머니는 젊어서 알게 된 예수님에 대한 사랑을 끝까지 지키며 사랑하는 분의 아픔을 늘 마음에 새기고 있었던 것이다. 어머니와 같이 있을수록 어머니가 죽음 앞에서 얼마나 고요하고 평안한가를 알게 되었다. 평안할 뿐 아니라 행복해 보이기까지 했다.

그토록 오랜 시간 만나고 싶었던 사랑하는 분을 만나러 가기 때문에 기쁜 표정이었다고나 할까. 새색시가 새 신랑을 만나는 설렘의 미소까지 어머니에게서 볼 수 있었다.

그렇게 어머니는 죽음 앞에서 아름다웠다. 어머니는 쉰다섯 해의 짧은 삶을 마치고 그렇게 사랑하고 그리워하던 분을 만나러 갔다. 스무 살 성당의 종소리를 따라가서 만나게 된 그분을 만나러 간 것이다.

어머니의 깊은 신앙심은 나에게 본이 되었다. 스무 살도 안 된 나이에 시집와서 완고한 남편 곁에서 일곱 명의 아이들을 키우느라 온몸의 진이 다 빠진 어머니, 아마 지금은 사랑하는 분의 무릎을 베고 편히 누워 있지 않을까? 인천 동구 송림동에서 어머니가 들었던 종소리가 오늘도 이곳 도쿄 요츠야에 울린다.

저도 곧 어머니를 뵙겠군요.

가을날 햇빛

가우디의 기도가

이 미사에

가우디의 꿈,

그대로 이루어지다

바르셀로나, 2012년, 내 나이 여든셋

2012년 어느 저녁, 즐겨 보던 NHK 프로그램에서 안토니오 가우디가 설계한 성 가족 성당(사르라다 파밀리아)을 비추고 있었다. 가우디는 평소에 좋아하는 건축가이기 때문에 나는 곧바로 프로그램에 빠져들었다. 자세히 보니 성당은 여전히 건설 중이고 일부가 완성되어서 그곳에서 미사 드리는 장면이 중계되고 있었다. 스테인드글라스, 대리석으로 만든 많은 조각들, 마치 온 우주에서 날아든 것 같은 합창곡……. 너무 아름다웠다. 나는 아름다움이 주는 감동에 넋을 잃고 있었다. 마침 그때 귀가 한 며느리가 깜짝 놀라며 말한다.

"어머, 어머님, 왜 그러세요?"

내 얼굴은 온통 눈물로 뒤범벅이 된 상태였다. 나는 중계방송을 가리키면서 말했다.

"흑흑…… 봐, 이 아름다운 장면을……."

말을 잇지 못할 정도의 감격으로 난 격앙되었다. 나는 오래전부터 아름다운 것을 보거나 감격스러운 장면을 보면 눈물을 흘리는 버릇이 생겼다. 며느리가 내 옆에 앉아 같이 방송을 보았다. 우리 둘은 잠시 영상에 매료되어 한참을 말없이 보고 있었다. 며느리는 프로그램이 끝나자마자 뚝 말을 던졌다.

"어머님, 가셔야죠!"

"어딜?"

"바르셀로나! 저기 직접 가서 보셔야죠!"

"응? 그렇지? 가야지! 현장에서 이 감동을 체험하고 싶구나."

나는 며느리의 말에 파이팅이 되어 바로 반응했다.

다음 날 비즈니스 클래스의 표를 알아보니 이미 매진

이었다. 칠십대 때만 해도 이코노미석을 이용했지만 여든 셋이 되니 원거리 노선의 일반석은 무리였다. 하지만 이번에는 비즈니스 클래스가 매진이니 할 수 없이 일반석이어도 괜찮다 싶어 출발 편을 구매했다. 늘 내 여행에 가장 관심이 많고 흥미를 가져 주는 사람은 바로 셋째 며느리 유우꼬다.

유우꼬는 배려심이 깊고 참 착하다. 상대를 최대한 배려하고 가장 합리적인 선택을 하게 도와준다. 좌충우돌 멋대가리 없는 셋째 아들 녀석은 가끔 뻐기면서 내게 말한다.

"엄마, 내가 여자 하나는 잘 만났지? 안 그래?"

자기 맘대로 행동하는 셋째 아들에게 잔소리하고 싶어도 그 말로 받아치면 할 말이 없어진다. 셋째 아들은 늘 말하곤 했다. 자신이 결혼을 결정할 즈음 자신의 주변에 두 여자가 있었는데 누구를 선택할지 고민했단다. 결국 엄마에게 잘 맞을 것 같은 여자를 택하기로 했고 그게 유우꼬였다고 뻐기며, 내가 할 말을 못하게 만든다.

일주일 후 비행기를 탔다. 파리에서 갈아타고 바르셀로나에 밤 9시에 도착했다. 공항에 도착하자마자 성당에서 가까운 호텔을 전화번호부에서 찾아 예약하고 택시로 향했다. 다음 날 금요일, 바르셀로나의 아침은 언제나 그렇듯 상쾌한 가을 날씨였다. 토요일이나 일요일에는 목적한 미사를 꼭 볼 수 있으리라 기대에 찼다. 다음 날 아침, 공사 중인 성 가족 성당에 가서 미사 참석에 필요한 절차와 수속을 밟기 위해 창구로 갔다. 교회 주변에는 세계 각처에서 온 관광객으로 붐볐고 창구마다 사람들이 줄을 섰다. 나는 지하에 내려서 스텝으로 보이는 여자 분에게 일요 미사에 대해 문의했다.

"미사는 없습니다."

나는 기가 막혀 따졌다.

"저는 일본의 TV 방송에서 이곳의 미사 중계를 보고 감동해서 도쿄에서 바로 날아왔습니다. 그렇게 훌륭한 미사를 알려 놓고는 일요일에 왜 미사가 없다는 겁니까?"

"그것은 성당 내부 완성을 축하하며 세계 각국에 널리 알린 특별한 미사이며, 아직 헌당식까지는 멀었습니다."

하긴 주변 현장은 아직 공사가 계속되고 있었다.

"그래도 성당의 내부를 완벽하게 지은 게 아닙니까?

왜 일요일에 미사를 하지 않습니까?"

나도 모르게 강한 말투가 되었다. 그녀는 그 일을 자세히 알고 싶으면 관리를 맡고 있는 세미나리오(신학교)가 근처에 있으니 거기서 확실한 정보를 받으라며 주소가 적힌 메모를 주었다. 곧바로 메모를 따라 한두 차례 길을 잃어 가면서 간신히 신학교에 도착했다. 12세기에 건립되었다는 신학교는 묵직한 위용이 압도했다. 역사가 오래되었다는 걸 실감하며 기도하는 마음으로 사무실 비슷한 곳을 찾아 안으로 들어갔다.

나는 직원들 앞에서 방문한 이유를 자세히 말했다. 마음이 급해서 나도 모르게 과한 말투였는지 모두 읽히지 않는 묘한 표정을 짓고 있었다. 아니면 말을 못 알아들어서 저런 표정인가?

내 짧은 스페인어 실력으로 지금 이 마음을 후회 없이 전달하기에는 아무래도 힘들겠다 싶어서 부탁을 했다.

"영어 할 줄 아는 사람을 불러 주시겠어요?"

잠시 후 연세가 조금 든 남자 분이 오셨다. 그는 침착하고 냉정하게 착 가라앉은 목소리로 무슨 용건이냐고 물었다. 나는 영어로 다시 설명했다.

도쿄에서 방송을 통해 성 가족 성당의 미사를 보고 얼마나 감동하였는지, 그리고 일주일 후인 오늘 서둘러 여기에 왜 당도했는지 등을 정신없이 그에게 말했다. 그랬더니 남자가 차분하게 대답했다.

　"해마다 하는 중요한 미사는 당연히 합니다. 실은 내일모레인 일요일도 미사가 있습니다. 스페인 전국의 서품식을 하는 미사입니다. 이 미사에는 서품자의 가족과 관계자 외에는 아쉽게도 참석할 수 없습니다. 또한 그 섭외도 8월에 끝났습니다."

　"아니, 제 말은…… 그러니까…… 제가 하고 싶은 말은 저는 그 때문에 멀리까지 왔다는 겁니다."

　"어떤 사정이 있어도 당신만을 위하여 이 규칙을 어길 수는 없습니다."

　"나 혼자 정도는 어떻게 해 줄 수 없을까요? 노인 한 명이잖아요. 현장은 공사 중인데 불가능하지는 않을 것이라 생각합니다. 쥐구멍 정도의 공간이 있으면 나를 위해 내주셨으면 합니다."

　둘이서 그런 대화를 하는 사이에 사무실에 무슨 일이냐며 한두 명씩 모여들었다. 그들은 호기심으로 우리 대

화를 통역을 통해 듣다가 어느새 진지하게 귀를 기울였다. 그때 우리를 둘러싼 사람들 중 젊은 남자가 문득 눈앞에 섰다.

"저!"

우리는 젊은 남자를 바라봤다.

"얘기를 듣자 하니 미사에 참석하기 위해 일본에서 오신 것 같은데, 실은 제 동생이 이번 서품식에 참여합니다. 가족인 저에게도 초대장이 왔습니다. 저 대신에 당신이 참가하십시오. 당신에게 양보하고 싶습니다. 저희 집은 여기서 차를 타고 15분 걸립니다. 금방 초대권을 가지고 오겠습니다. 잠시 여기서 기다려 주십시오."라고 통역을 통하여 그렇게 말하고 그는 나갔다. 나는 얼떨떨했다.

"……"

"미라코로! 미라코로!"

누군가 기적이라고 말하기 시작했고 사람들은 나를 보고 밝은 미소를 띠었다. 그제야 내가 미사를 볼 수 있게 되었다는 사실을 알게 되었다. 주변 사람들이 서로 박수치며 내게 성원을 보내 줬다. 난 가만히 있을 수 없어 지켜보던 모든 사람들에게 인사를 했다.

"여러분 감사합니다. 감사합니다. 감사합니다."

서품식의 미사는 상상 이상으로 훌륭하고 지상에서 일어난 일이라고 도저히 믿을 수 없을 정도로 대단했다. 그 성당 내부는 안토니오 가우디의 영혼이 담긴 결정체가 일대 서사시처럼 펼쳐져 있었다. 가우디는 건축가이면서 희유(稀有)의 조각가적인 재능도 갖추고 있었다. 스테인드글라스에서 들어오는 빛은 아마도 여기가 하늘 위의 세계인가 느끼게 만든다. 신과의 거룩한 대화, 조화, 자비와 사랑이 융합한 장대한 교향악처럼 느껴진다. 어린 시절 남들과 어울리지 못하는 걸 고통스러워 한 가우디는 자연과 접하는 일로 위로를 받고 영혼이 구제되어 갔다고 한다. 자연과 대화하는 법을 배운 가우디는 안고 있던 고뇌를 예술로 승화시켰다. 이 사실이야말로 신이 가우디를 움직이게 한 증거라고 느낀다.

가우디의 꿈

그대로 이루어진

성당의 바람

ガウディの夢そのままに聖堂の風

가을날 햇빛
가우디의 기도가
이 미사에
秋うららガウディの祈りこのミサに

　가우디는 대장장이의 자식으로 태어나 류머티즘을 앓아서인지 평범한 사람보다 한 박자 느린 아이였다고 한다. 병약했던 그는 숲으로 가서 많은 시간을 보냈고 바람이 풀 사이를 지나다닐 때 나는 서걱거리는 소리에 귀를 기울이고 구름을 바라보고 거미줄에 걸린 이슬을 자세히 관찰했다. 걸음이 느린 소년은 그렇게 오랜 시간 자연을 둘러봤다. 그런 가우디가 바르셀로나 건축학교에 진학하자 교수들은 주목했다. 문제 학생으로 말이다.

　최하위 성적으로 간신히 졸업을 한 가우디에게 학장은 졸업장을 천재에게 주는 것인지 미친 사람에게 주는 것인지 모르겠다며 망신을 줬다고 한다. 그러던 가우디의 재능은 구엘이라는 귀족을 통해 발견되었다. 거대한 부를 쌓은 사업가이자 귀족이었던 구엘은 가우디의 재능을 알아보고 전적으로 후원했다. 하지만 가우디가 활동했던 시절은 격동의 시기여서 곳곳에서 과격한 마르크시즘, 아나키즘 운동이 펼쳐지고 있었다. 젊은 스페인 예술가 대부분은 좌파였다. 그들은 가우디를 두고 "부자들을 위해 일하는 건축가"라고 비아냥거렸다. 가우디를 공격했던 예술가 중에 피카소도 있었다. 자신보다 스물아홉 살이 많은 가우디를 탐욕스러운 노인으로 여겼던 피카소는 스페인을 떠나 프랑스로 향했고 그곳에서 벼락같은 성공을 거뒀다. 부르주아 세계에 발을 디딘 피카소는 부와 명예를 거리낌 없이 누렸다. 정작 그가 '탐욕스러운 노인네'라고 공격했던 가우디는 거대한 건축물을 지으며 이름값을 높일 때도 본인은 조그만 집에서 지내며 평생 수도승처럼 살았다. 가우디의 삶은 건축을 향한 헌신으로만 가득했다. 그는 결혼도 하지 않았다. 가우디는 생전에 성 가족 성당의 완공이 불가능하다는 사실을 알았지만 "신은 서두르지 않는다"라고 말했다고 한다. 자신의 삶 또한 차분히 벽돌 하나를 쌓듯 설계했다고 한다. 가우디의 삶은 건축을 향한 헌신으로만 향해 있었다. 천재 예술가의 삶이 주는 전율은 그가 남긴 거대하고 화려한 건축물만큼이나 성스러웠다.

여행에서 돌아오면 유우꼬는 늘 귀국 날짜에 맞춰 내가 좋아하는 꽃을 내 방에 꽂아 놓는다. 그리고 그날 저녁부터 열릴 내 이야기를 자기가 경험하듯 흥미진진하게 들어 준다. 어김없이 유우꼬에게 미사에 간신히 참석하게 된 사연과 가우디에 대한 전율을 전했다.

예전에는 내 여행 이야기가 진짜 재미나서인가 보다고 생각했지만, 요즘은 함께 공감해 주는 유우꼬가 고맙다. 셋째 아들이 색시 잘 얻었다고 팔불출같이 자랑하는 것처럼 나 역시 아들이 살면서 가장 잘한 선택이었다는 생각이 든다.

아들은 자랑은 하면서도 막상 유우꼬에게 상냥하게 대하지 못한다. 고마운 줄 알면 더 잘해야 할 텐데 뻣뻣하고 무뚝뚝한 태도를 취하며 살짝살짝 마누라 잘 됐다고 내 귀에만 속삭이는 아들의 태도를 보면 어이가 없다. 착한 마음을 갖고 살아가는 사람들은 세상을 따뜻하게 만든다.

요즘처럼 텔레비전이나 신문 뉴스를 접할 때마다 가

슴이 벌렁거릴 정도로 화나는 사건들이 많은 시기가 없었다. 그래서 건강상 좋지 않아서 신문도 피할 때가 있다.

대체 이놈의 세상이 어떻게 되려고! 권력과 재물에 눈이 어두워 거짓을 행하는 사람들의 행태를 보면서 세상에 대한 오만 정이 뚝뚝 떨어진다.

대체 뭐가 진짜고 뭐가 가짜인지 구별하기도 힘들다. 이 나이까지 내가 왜 이 세상에 살아 있나 하는 생각까지 든다. 예전처럼 활력도 에너지도 사라지고 식욕도 없고 오로지 잠만 자고 싶다. 아무래도 이 증상이 심상치 않아 아들을 불러 심각하게 말했다.

"아들아, 내가 아무래도 우울증인가 보다……."

내 심각한 고백에 아들은 기막힌 듯 피식 웃으며 말한다.

"어울리지 않게 무슨 우울증이야. 엄마는 절대 우울증 안 걸려!"

이런 우울감이 생기면 좋은 사람들과의 기분 좋은 추억을 떠올린다. 독일의 택시 운전사, 이탈리아의 의사, 파리의 다락방……

성실하게 인생을 사는 사람들을 기억하며 다시 힘을

내 보려고 한다. 그래, 세상에 희망이 있다. 그런 사람들이 살고 있으니까.

여든셋에 스페인 여행이 혼자 한 여행의 마지막이다.
건강상의 문제로 병원을 드나들고부터는 혼자 여행이 두려워졌다. 그때 받았던 초대권의 한쪽은 아직도 나의 소중한 보물로 보관하고 있다.

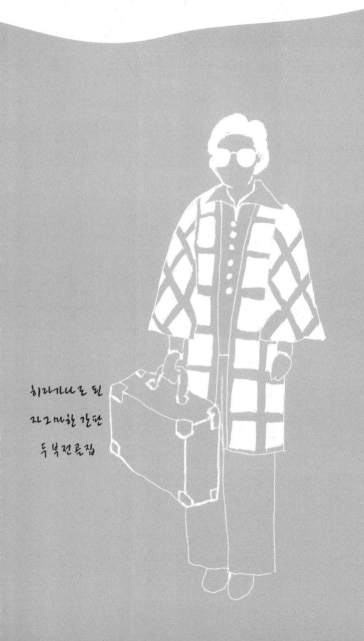

히라가나로 된
자그마한 간판
두 분 전문집

내가 느낀 일본 소화(昭和)의

정서

일본, 1953년부터, 내 나이 스물넷부터

● 하이쿠

나는 마쓰오 바쇼(松尾芭蕉, 1644~1694)를 좋아해서 하이쿠를 시작했고 센노 리큐(千利休, 1522~1591)를 만나서 다도를 시작했다. 바쇼를 안 순간 천재라 할밖에 다른 도리가 없다. 바쇼의 하이쿠는 순간을 진공 팩으로 잡아내 시공을 가로질러 항상 선명하게 여기저기에 출현하는 마법과 같다. 알려진 대로 하이쿠는 일본의 짧은 정형시다. 하이쿠의 주요한 특징인 열일곱 자의 엄격한 정형의 틀에 계절어와 기레지(切れ字)가 들어감으로써 시

157

적 긴장감을 최대한 이끌어 낸다. 형식에 감성을 넣어야 하는 작업이기 때문에 하이쿠를 짓는 일은 쉽지만은 않다. 나도 하이쿠 선생을 찾아가 직접 배웠다. 일본에는 하이쿠 선생이 있는데, 보통 하이쿠 선생의 집에 가서 십여 명 동료들과 함께 하이쿠로 말하고 서로 비교하며 학습한다. 서로 하이쿠를 교환해서 읽어 보고 공표하다 보면 하이쿠를 짓는 재능을 끌어올릴 수 있다. 하이쿠는 머리가 좋거나 문학적 감각이 탁월하지 않으면 접근이 쉽지 않다고 생각한다. 그때그때 사물을 관찰하는 센스와 다른 사람의 시를 보고 감동하고 공감하는 힘도 있어야 하고, 무엇보다 계절의 느낌을 살리기 위해 끊임없이 자연을 살펴보면서 관찰해야 한다. 그 계절에 맞는 감수성을 살리는 계절어를 잘 써야 하기 때문이다. '봄'이라고 말하지 않으면서 봄을 느낄 수 있는 표현을 보고 하이쿠 짓는 능력을 평가할 수 있다. 누구에게 배우느냐에 따라 하이쿠의 느낌이 달라진다. 그래서 선생 한 분에게만 배우지 않고 여러 모임을 다니고 여러 선생에게서 배우며 다양한 친구들과 만나 시를 공유한다. 쓸 수 있는 글자의 수는 비록 정해져 있지만 시가 품고 있는 내용은 우주 크기의 상상력이다. 겨우 열일곱 자로 사계절 변화의 양상과 넓은 우주의 공간을 담았다. 인간의 고독, 유한한 삶에 대한 덧없음, 그럼에도 불구하고 살아내야 하는 인간들의 아픔을 적나라하게 그리고 있다. 고바야시 잇사의 하이쿠를 읽어 본다.

태어나서 목욕하고

죽어서 목욕하니

얼마나 어리석은가

盥から盥へうつるちんぷんかん

남이 물으면

이슬이라 답하라

동의하는지

人間ば露と答へよ合点か

이슬의 세상은

이슬의 세상이지만

그렇지만은

露の世は露の世ながらさりながら

세상의 모든 사제들이 그러하듯 고바야시 잇사도 현세적인 것과 지상의 것에 대해 비판적이었다. 그래서 이 세계의 변하기 쉬움을 폄하하기 위해 이것을 이슬의 세계라고 불렀다.

일본의 하이쿠를 사랑했던 스페인의 지성 오르테가는 "그러나 우리는 이 이슬의 세계를 좀 더 완벽한 삶을 창조하기 위한 질료로 받아들이자"라며 이 하이쿠 구절을 자신의 책《철학이란 무엇인가?》의 마지막 부분에 인용했다.

하이쿠는 요즘으로 치면 스마트폰 카메라로 순간을 찍어 두는 행위와 다르지 않다고 생각하는 사람들이 있다. 하지만 하이쿠의 기억은 영원의 차원에 속해 있다. 물질계에 머물지 아니하고 삶의 영원성과 사물의 본질을 꿰뚫어 보는 힘이야 말로 하이쿠를 짓는 힘이다.

화로 키는 날
불붙이는 의식에

가슴이 뛴다

炉開きや切り火の儀式胸はずむ

● 다도

다도 세계에는 진정한 시간이 드러난다. 그 오차회를 하는 자리에 있기만 해도 생명의 시간을 보내는 소중함의 순간을 맛보게 해 준다. 15세기 후반부터 일본의 차(茶) 문화는 겉으로 보이는 호화로움보다는 내면적, 정신적인 미학에 중심을 두기 시작한다. 바로 이런 방식의 다도를 완성시킨 사람이 바로 센노 리큐이다.

센노 리큐의 다도는 현대 일본 다도의 형식과 정신을 완성했다고 해도 과언이 아니다. 다도는 차 달이는 방법과 마시는 방법 외에도 복잡한 예의범절이 있다. 먼저 다실로 들어가는 문은 다실에 비해 매우 좁다. 다실에 좁은 문을 내어 놓아 몸을 깊이 숙여야만 들어갈 수 있고, 이로써 마음을 낮추는 겸손한 마음가짐을 갖게 된다. 처음에는 진한 차를 같은 잔에 따라 옆 사람부터 순서대로 돌아가며 마신다. 그리고 마지막에는 엷은 차를 마시고 다도는 끝난다. 막상 다도를 처음 경험하면 "이게 뭐

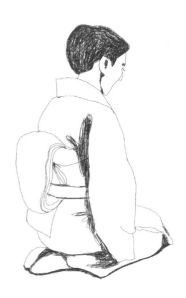

야? 이거, 이런 차 한 잔 마시려고 이런 예의를 다하고 형식을 지켰단 말이야?" 너무 싱겁다고 말하는 사람들이 있다. 하지만 그건 진짜 너무나 모르시는 말씀이다.

다도의 세계에 깊이 들어갈수록 차 마시는 이런 과정이 단순한 형식이 아니라 영혼에 스며들어서 단정하고 단아한 마음까지 지니게 된다. 점점 다도의 아름다움에 매료되지 않을 수 없다.

현대에 이르러서도 일본의 다도는 형식을 중요시한다. 센노 리큐의 시절보다 다도의 정신은 많이 훼손되었는지 모르겠다. 하지만 형식을 행하다 보면 형식 속에 숨어 있는 센노 리큐의 메시지가 아직도 온몸으로 전해지는 듯하다.

다도회 모임에 나는 조선의 도자기를 감정하는 정객으로 초대받곤 했다. 내가 몇 마디라도 '이 찻잔은 명품이다', '이 찻잔은 좋은 거다'라고 하면 다도회가 빛이 났다.

내가 한국 사람이기 때문에 그런지, 한국 도자기의 가치를 얘기할 때면 뻐기는 마음이 생겼다. 다도회에 나온 찻잔도 어느 명품을 쓰느냐에 따라 준비한 집의 수준을 가늠하기도 한다.

다도 하는 사람은 찻잔을 보고도 누구의 작품인지를 알아내기에 공부를 해서라도 도자기를 잘 알아야 한다. 다도에서 선호하는 도자기는 마치 우리나라 노동자들이 막걸리 담아 먹는 막사발처럼 생겼다. 물론 조선백자도 높게 치지만 우글쭈글하고 막걸리 사발처럼 생긴 소박한 도자기를 더 선호한다. 센노 리큐 시대에 쓰던 도자기 같은, 그러니까 적어도 400~500년 된 디자인의 도자기를 묘미 있다고 알아준다.

그런 도자기는 손으로 감싸면 피부로 전해 오는 촉감이 남다르다고 한다. 이런 다도의 찻잔은 집 한 채와도 맞바꿀 만큼 고가에 거래된다. 어찌 보면 어수룩해 보이는 한국 도자기의 진정한 가치를 알아보는 일본 사람들의 높은 미의식과 안목도 평가할 만하다.

이렇게 오랜 전통을 자랑하는 다도지만, 다도의 형식부터 도자기 스타일까지 완성한 센노 리큐의 최후는 잔혹했다고 한다. 자신을 믿고 신임했던 도요토미 히데요시(豊臣秀吉, 1537~1598)로부터 자결 명령을 받고 처형당하고 만다. 처형의 이유가 여전히 납득이 되지 않기 때문에 그의 죽음에 대해 여전히 다양한 해석이 있다.

내게 가장 설득력 있는 해석은 센토 리큐가 기독교를 받아들였다는 해석이다. 당시 일본은 외부 문명을 받아들이는 데 폐쇄적이지 않았지만 결집된 정치권력이 무너지길 바라지도 않았다.

센노 리큐가 기독교를 받아들이면서 정치권력은 기득권이 흔들리는 걸 두려워했다. 실제로 센노 리큐의 다도 형식과 내용을 자세히 들여다보면 기독교의 정신이 숨어 있다.

다도회장에 입장할 때마다 몸을 낮춰 좁은 문으로 들어가야 하고, 잔을 돌리고 떡을 떼는 의식도 있다. 마치 최후의 만찬을 떠올리게 한다.

실제로 센노 리큐가 다도를 완성했을 무렵 기독교가 일본에 전해지기 시작했고, 센노 리큐가 기독교를 받아들인 것은 사실이라고 한다.

● 이케바나

나는 일본에 와서 꽃꽂이의 세계에 도전하면서, 어찌 이런 고상하고 즐거운 세계가 있는지 감탄하며 금방 빠져버렸다. 그 시기에 가까운 분으로부터 이케바나(꽃꽂이)

를 소개 받았고 이어서 소게츠류(草月流)를 배우고 오하라류(小原流)를 익히게 되었다.

　꽃꽂이의 유파별로 각각이 색깔이 다르지만 일본만의 전통미와 모던한 센스가 녹은 오하라류야말로 내 감각에 딱 맞았다. 사범님이 마련한 시험에 도전했다. 이미지를 나름대로 마무리하고 싶은 열망, 그러나 임박한 마감 시간. 열망과 마감 사이에서 땀을 쥐게 하는 싸움은 예술 세계 그 자체에 몰두하게 하는 스릴이 있었다. 지금 생각해도 두근두근하다.

세 떨기 들국화

참억새로 감싸는

풍정인가

野菊三本すすきで囲む風情かな

조팝나무를

다발로 묶어 세운

꽃꽂이 기뻐

ゆきやなぎ結んで立たせて花活け愉し

166

솔방울

모으고 도라지

곁들였네

松ぼっくり集めて枯梗をあしらへり

한번은 한국에서 오하라류 꽃꽂이 전시를 하게 되었다. 그 당시 일본 꽃꽂이의 한국 전시를 기획하는 단계에서 나는 쪽발이 문화를 한국에 전시한다는 비난을 받았다. 나는 너무 분이 나서 반박하며 한국의 전시를 강행했다.

비난하는 사람들을 향해 "일본 문화의 시작이 어디서 왔는지 아느냐? 일본의 문화를 만든 것은 신라에 쫓겨 온 백제 사람들이 일본에 정착해서부터이다. 예술과 문화를 두고 이중적인 잣대를 대는 것은 양국 관계에도 좋지 않다"라며 그 언론의 편협함에 대항했던 생각이 난다.

기획 단계부터 문제시되었던 꽃꽂이 전시는 마침내 실현되었고, 각 신문사에 기사로도 소개되었다. 심지어 신문 기사를 보고 대통령 영부인까지 와 주었다. 나는 영부인께 자리를 빛내 준 것에 감사하며 전시를 안내해

드렸다. 그렇게 영부인이 전시를 보고 돌아갔는데 뭔가 찜찜하다는 생각이 들었다. 잡힐 듯 잡히지 않는 아련함 속에 나는 손을 뻗어 더듬었지만 잡히지 않았다. 나는 전시를 돕던 여동생에게 물었다.

'어디서 많이 본 것 같은데……'

'혹시 저분이 우리 피난길에 만났던 영수 언니 아니우?'

나는 그 말에 정신이 번쩍 들었다. 대구에 피난 갔다가 영어를 가르치며 숙식을 신세지던 장군 집의 마나님, 영수 언니다!

당장 청와대에 연락을 시도해서 영부인, 아니 영수 언니와 연락을 취했다. 청와대에서 연락이 왔고 나는 여동생과 청와대로 달려갔다. 하지만 여동생은 들어갈 수 없다고 해서 밖에서 기다리고 혼자 청와대에 들어갔다.

나는 손님방에 안내되어 영수 언니를 기다렸다.

'왜 못 알아봤을까? 뭔가 낯이 익고 그리운 느낌이었는데……'

문이 열리고 영수 언니가 나타났다. 영수 언니는 다정한 모습으로 내 앞에 앉으며 말했다.

"이제야 생각이 나셨습니까?"

나는 못 알아봐서 미안하다고 몇 번이고 사죄했다. 영수 언니는 신문 기사에서 내 이름을 보고 반가워서 일부러 찾았다고 한다. 전쟁 후에 내 소식을 전혀 듣지 못하다가, 신문에서 내 이름을 보고 일부러 찾았지만 내가 모르는 기색이라 섭섭하였던 것 같다.

하지만 내가 어렸을 때 알고 지내던 영수 언니가 설마 영부인이 되었을 거라 누가 상상이나 하겠느냔 말이다. 여동생이 먼저 말해 주지 않았으면 끝까지 몰랐을지 모른다고 생각하니 아찔했다.

영수 언니도 참, 나를 알아봤다면 먼저 아는 척 해 주지, 그러지 않고 내가 알아채기를 끝까지 기다리다니 대단하다고 생각되었다.

정신없이 꽃꽂이에 열중하던 그 순간이 청춘의 한복판에 있던 날이었다. 그립다. 꽃꽂이 인터내셔널의 이사도 맡고 교류의 국제적인 폭도 넓어졌다. 그리고 오하라류 꽃꽂이의 사범급 면허장까지 받았으니 여한은 없다.

백화점에서 정신없이 일하던 어느 날이었다. 백화점

방송에서 속보가 흘러나왔다. 대한민국의 대통령 영부인이 피격을 당했다는 소식이었다. 나는 한참을 방송을 잘못 들은 건 아닌지 내 귀를 의심했다.

● 토키와즈

"윤득한 씨, 일본의 전통 음악도 괜찮은데요, 한번 해 보지 않겠어요?"

그렇게 미쓰코시의 마쓰다 사장님은 토키와즈를 권했고 나의 스승이 될 모지겐 선생님을 소개해 주었다.

예술이라면 뭐든 좋아했지만 감상하는 것에 비해 행하는 쪽에는 재능이 없었다. 물론 꽃꽂이나 다도, 하이쿠는 부족한 재능이지만 그래도 이루어 나갔지만 음악은 기본적인 소양 없이는 절대 불가능하기에 정말로 나와는 거리가 있는 시도였다.

처음에는 내가 국립극장 무대에 선다니 이건 말도 되지 않는다고 사양했지만 제안해 준 모지겐 선생님을 무한 신뢰하니 감히 무대에 오를 것을 결정했다.

모지겐 선생님은 일부러 서양식 오선보로 토키와즈의 음조를 옮겨서 모르는 부분까지 섬세하고 친절하게 지도해 주었다.

나는 연습하고 연습하고 또 연습해서 무대를 준비했다. 그리고 무대에 올라갈 날이 얼마 남지 않아 무대에서 입어야 할 의상을 정해야 했다.

당연히 기모노를 입어야 했지만 난 기모노가 싫었다. 일본의 문화와 예술을 좋아하지만 기모노만큼은 내 취향이 아니었다. 기모노는 시끄럽다는 느낌이다. 색도 지나치게 화려하고 패턴도 방정맞다. 오비는 적어도 일고여덟 개, 많으면 열 개의 끈을 써야 하니 뭔가 복잡하고 지나치다는 느낌이 든다. 입기도 복잡하지만 입으면 무겁기까지 하다. 오비를 등에 업고 있어야 한다. 몸에 짊어지니까 오래 입고 있으면 답답하다. 거기에 비하면 우리 한복은 날아갈 듯하지 않은가?

한복은 기모노에 비해 너무나 아름답다. 특히나 한복은 선이 아름답다. 기모노가 색이 중요하다면 한복은 선이 중요하다. 동정이니 부용을 보면 선이 얼마나 중요한지 알 수 있다.

일본 사교 모임에 새까만 저고리에 하얀 치마를 입고 나갔는데 사람들은 단순하면서 아름답다고 찬사를 보내

주었다. 노랑 저고리나 분홍 저고리에 치마 색으로 멋을 내도 아름답다. 단색을 갖고도 예술을 표현할 수 있는 게 바로 한복이다.

가슴을 스쳐 지나는 감성을 건드리는 게 한복이라면 기모노는 쇼를 하는 것 같다. 그동안 한국 사람들이 단순하면서도 품위 있는 한복의 아름다움에 대해 정작 잘 모르는 것 같아 안타까운 적이 한두 번이 아니었다.

결국 기모노를 입기 싫었던 나는 선생님을 설득했다.

"나는 어차피 한국 사람이니까 한복을 입는 게 좋지 않을까요? 그래야 문화 교류라는 측면도 강조되지 않을까요?"

내 설득은 언제나 힘이 있었고 모지겐 선생님은 내 말에 감동하여 한복을 입도록 허락했다.

결국 난 한복을 입고 국립극장에서 토키와즈를 했다. 아마 기모노가 아닌 그것도 한복을 입고 토키와즈를 한 사람은 내가 최초이자 마지막일 것이다.

그 당시 에도 시대 풍의 음악을 가까이 접하는 귀중한 경험을 얻었다.

에도의 선율

무대의 나에게는

대나무의 봄

江戸調べ舞台の吾に竹の春

샤미센이여

어느새 몸에 익어

봄 무대 서네

三味線やいつしか馴れて春舞台

● 일본 예술가들과 인연

제1회 '한국전(韓国展)'을 마치고 전국 투어를 할 긴요
한 시점에 안내장을 보내 준 분이 히다 케이코(妣田圭子,
1912~2011) 선생님이다. 뒤에 좀 더 자세히 설명하겠지
만 1965년 한일협정이 성사되던 시기에 동경의 미쓰코
시 백화점에서 '한국전'을 개최했다. 선생님은 종이 그
림인 초화(草絵)의 창시자로서 해마다 미쓰코시 백화점
에서 전람회를 열고 각 방면에 천재적인 능력을 보여 주
었다. 어린 시절 코야산에서 불문 수행한 덕인지 본질을

꿰뚫는 날카로운 시선으로 내 인생에 어드바이스를 많이 해 주는 분이었다. 불교와 문예, 인맥뿐만 아니라 요리도 일류였고, 자주 전화로 그러한 내용을 전했다.

"오늘은 좋은 굴이 들어와서 튀김을 만들까 해요."

생생한 재료를 신속하게 요리하는 솜씨, 그 맛은 마치 고급 요정의 장인 요리사급이었다고 본다.

굴튀김이여

입과 배는 절대로

잊지 않으리

牡蠣フライや口と腹に忘れまじ

일본뿐만 아니라 LA와 하와이에서도 초화교실을 열어 지도했다. 그런 히다 선생님과는 국내는 물론 해외에도 함께 동행했다. 탄게츠류(丹月流) 종가인 탄게츠 선생님들과 유럽과 미국에 한 달 동안 여행한 일은 특히 인상 깊었다. 멋진 두 분은 항상 기모노를 차려입고 버선과 짚신도 신었다. 그 모습이 이상해 보여서인지, 서양 사람들에게 이국적으로 비쳐서인지 외국 어느 곳을 갈 때마다 그곳 사람들은 호기심에 찬 시선으로 우리를 바라봤고, 어린이들은 졸졸 뒤따라 다녔다.

그 모습이 얼마나 신기했는지 유쾌한 해프닝도 많았다. 이와테현의 하나마키 온천 가죠엔에서 겪은 추억도 선명하다. 향토 사자춤 극단의 공연이 있었던 넓은 정원에서 선생님과 둘이서 함께 팔베개하며 양반놀이를 즐긴 적이 있다. 또한 그 지방 출신 작가인 미야자와 겐지(宮沢賢治, 1896~1933)를 경애하면서 선생님만의 통찰력이 배어 있는 미야자와 겐지론(論)을 자주 들었다. 순수하고 우주적인 감각을 가졌다는 면에서 두 분이 닮았다고 기억한다. 세계 어디든 버선과 짚신을 고집하며 걷는 모습은 경쾌함 그 자체였다. 그것은 선생님만의 '춤'이었다.

시실리섬의 아그리젠토에 있는 그리스 신전을 방문했을 때다. 선생님은 기둥에 기대어 담배를 피우고 있었다. 그 시간 석양이 선생님을 감싸는 것처럼 비치는데 싱긋 웃던 장면이 지금도 생생하다. 선생님은 2010년 많은 사람들이 지켜보는 가운데 99세 천수를 마무리했다. 돌아보면 선생님은 정말로 많은 일본 문화의 진수를 접하게 해 주었고 내게 많은 것을 남겨 주었다.

가을날 석양

흰 버선 돋보이는

아그리젠토

秋夕陽足袋の白映えアグリジェント

유머와 일부러 딴청 부리는 사람의 대표 격인 모리시게 히사야(森繁久彌, 1913~2009), 반 준자부로(伴淳三郎, 1908~1981) 배우님과 친하게 지내던 시기가 있었다. 우리를 맺어 준 것은 '아유미의 상자'라는 모금 운동의 봉사 활동이었다. 발족이 분명히 1963년 연말이었으며 내가 이 활동에 참여한 것이 1966년이니 그때쯤이라고 기억한다. 모리시게 배우님과 나의 공통 취미는 여행이다. 모리시게 배우님은 화술의 천재이어서 여행담을 나누노라면 바로 그 장소로 우리를 데리고 갔다. 눈앞에 펼쳐지는 광경, 바람 냄새며 온도와 습도까지 전해 올 정도의 생생함이었다.

〈7인의 손자〉 시리즈가 방영되었을 즈음에는 아카사카에 있는 방송국에 자주 나를 초대해 주었다. 모리시게 배우의 가장 인상 깊은 추억은 떡메를 치던 장면이다.

물론 영화나 방송, 무대의 이야기가 아니다.

설날 다음 날인 1월 2일, 형편이 어려운 어린이들을 동경만에 정박한 배에 초대해 떡메를 치고 놀았다. 나무 공이를 열심히 절수에 내려치던 모리시게 배우의 일거수일투족이 눈에 선하다. 모리시게 배우의 애정 담긴 행동이 아이들의 행복한 미래를 바라는 마음이었음을 잘 안다.

설날이구나

떡 치는 아이들의

환성이 가득

正月や餠つく子らの歓声満ち

도우미로 참가한 우리들도 어찌 행복하지 않았을까. 가슴이 뜨거워진다. 그런 추억이 가미된 듯 모리시게 배우가 작사와 작곡을 한 〈시레토코 여정〉은 내 영원한 명곡 중의 하나이다.

반 준자부로 배우는 일본 동북 지방 출신이라 사투리가 잘 빠지지 않아서 동경에 온 후로도 사투리 때문에 놀림을 많이 당했다고 한다. 그런데 그럴 때마다 이를 악물며 참았고 결국 배우로서 더욱 끈질길 수 있었다고 말했다. TV 촬영이 있다고 자주 불러서 한번은 느닷없이 엑스트라 '지나는 행인1'로 출연한 적도 있다. 그렇게 정 많고 유쾌했던 반 준자부로 배우는 나에게 자주 말했다.

"일본의 동북은 좋아요. 사람들이 소박하고 정이 있어요. 한번 안내할 테니 꼭 같이 갑시다."

그렇게 말하곤 했는데, 마침내 이루어졌다.

야마다타현 요네자와시를 가게 되었다. 반 배우의 고향이기도 한데 친족들이 많이 살았다. 그 요네자와에서 자위대의 무슨 기념행사가 열렸는데, 반 배우와 하라다 요시오(原田芳雄, 1940~ 2011) 배우가 유명한 하쿠고가(전통 만담)로 초대받아서 나도 함께 가게 되었다. 자위대원들로부터 경례를 받았을 때는, 어찌 분에 맞지 않는 곳에 왔을까 하며 좀 창피했다. 공기도 투명하고 경치도 좋았던 것은 말할 것도 없다만 무엇보다도 요네자와 소고기 맛에 감동했다.

'동북 지방은 정말로 편한 곳이군……'

그렇게 마음으로 말하던 반 배우를 진심으로 인정하게 된 여행이었다. 그 여행 이후로 반 배우는 한국 희극

배우와 가수들을 만나면 서로의 역사 속에서 일본과 한
국이 좋은 친구가 될 만한 일화들을 모아 함께 무대나
스테이지에서 공연하자고 자주 말하곤 했다.

추억이구나

반 배우와 함께한

겨울 골목길

追憶や伴さん共々冬横丁

당시는 누구나 꿈이 많던 시대였던 것 같다.

두 분과 나눈 추억은 어제 일처럼 기억이 생생하다.

● 하코다테 오오누마호

깊은 가을 비단결 같은 호반은 묘한 아름다움으로 다채
롭다. 온순하게 지나는 시간과 풍경, 조용히 빛나는 호
수, 다람쥐는 마치 선택받은 귀여운 아역 배우처럼 뛰어
다닌다.

　강한 인력(引力)에 끌려서 어느새 이 계절에, 나는 자
주 여행을 하고 있다. 지난 계절을 보면서 시간을 잊고

싶은 것일까. 여기 하코다테 오오누마호에 있어도 전에 여행한 세계의 사랑스러운 거리풍경이 뇌리를 스친다. 격심한 삼라만상, 방출하는 우주의 향연에 마음이 종횡으로 여행할 때면, 항상 오페라의 애를 끊는 음조가 울리고 관객의 큰 박수와 감격의 눈물이 가로지르던 순간이 떠오른다.

비단결 같은

오오누마 호반의

바쁜 다람쥐

錦繡の大沼湖畔りす忙し

● 하코네

하코네에서 닛코는 옛날에 남쪽에서 북에서 올라올 때 관문이었다. 아들들이 어릴 때 나는 남편과 아이들을 데리고 주말마다 하코네에 오곤 했다.

내가 일본에 시집을 올 당시, 남편은 사업의 성공 가도를 달리고 있었고 덕분에 나의 생활도 무척 여유가 있었다. 인천 수도국산의 영세 양화점 주인 딸이 일본에 시집와서 호의호식한다고 주변 사람들은 나를 신데렐라라고 불렀고, 나도 그 말이 맞다고 생각되었다. 부유한 남편과 결혼해서 좋은 곳에 살고 좋은 옷을 입고 평소에 먹을 수 없던 비싼 과일과 음식을 먹는 것도 좋았지만, 무엇보다 좋았던 것은 남편이 내가 원하는 걸 하게 해 줬고 내가 배우고 싶은 걸 배우게 해 줬다는 것이다. 스무 살에 결혼해서 아들 셋을 낳았지만, 남편은 일 잘하는 식모와 보모에게 아들 키우는 일을 맡기고 내가 하고 싶은 공부를 하게 해 주었다. 성실하고 정직한 성향의 일본 사람들은 남의 집 살림이라 해도 허투루 하지 않고 자기 일처럼 성의를 다해 주었다.

지금에 와서 생각해 보면 어린 나이에 시집가서 아이를 낳다 보니 생명의 귀하고 소중함을 잘 몰랐던 것 같다. 그 귀엽고 아름다운 한때를 내 자식인데도 불구하고 다른 사람의 손에 맡겼다는 것에 자괴감도 든다. 막상 아들이 장성하고 예쁜 손주까지 보니까, 생명이 성장한다는 게 얼마나 신비하고 아름다우며, 그것을 지켜보는 것 또한 얼마나 커다란 선물인지 알겠다.

하지만 그것도 나의 운명이었다. 아무튼 그 덕분에 이

케바나(꽃꽂이), 다도, 서예(먹물에 붓으로 그림을 그리는), 조각 등 일본의 많은 장르 예술을 경험하고 일본을 이해하게 되었다.

그게 부도가 난 남편의 사업을 마침내 액세서리 사업으로 일으키는 데 큰 힘이 되었다. 바로 일본의 예술과 문화를 이해했기 때문이고, 그 당시 일본의 일류들을 만나 경험하고 배우고 교류했기 때문이다.

결국 부유한 남편의 배려로 많은 걸 보고 배울 수 있었고, 그 덕분으로 남편의 무너진 사업도 다시 일으킬 수 있었던 것이다. 생각해 보면 모두 남편 덕이다.

일본에서 액세서리 사업이 잘되고 너무 바빠 세 아들에게 신경을 쓰지 못하고 엄마로서 할 일을 제대로 못하게 될 때, 잘 도와주지 않는 것 같아 남편을 원망했지만 끝까지 남편의 은혜를 잊지 않으려고 노력했다.

● 긴자

긴자에 사무실을 둔 지 반세기 가까이 된다. 긴자의 버드나무, 긴자의 네온이 특별히 아름다웠던 시대를 도쿄 사람들은 잊을 수 없는 것 같다. 역시 긴자에는 다른 곳과 맛이 좀 다른 조미료가 있는 듯하다. 전에 긴자가 차 없는 거리로 개방된 후 국내 여행자는 물론 해외에서 온 여행자까지 '긴자 산책'을 즐기게 되었다. 해외에서 일본을 찾는 여행자가 늘고 있어서 차 없는 거리의 날에는 국제적인 색채로 다채롭다. 여기저기 테이블을 사이에 두고 앉아 있는 사람들은 자유로워 보인다. 나는 그런 분위기를 좋아해서 편하게 말을 건다.

"어디서 왔어요?"

그러면 내가 여행했던 나라와 도시에서 온 여행자일 때가 종종 있다. 곧 이야기꽃이 핀다. "기억이 난다는 건 죽어 있던 예전의 기억이 다시 살아나는 것, 그래서 기억과 만남은 사랑의 만남이야." 친구가 한 말에 과연 그렇구나라고 납득하게 된다. 과거와 현재를 잇는 타임캡슐에 들어가 즐거운 이야기를 꺼내면 확연히 그때 그 도시의 풍경이 눈앞에 나타난다. 한국에서 온 관광객도 만난다. 내가 한국 사람이라고 하면 가까운 친척이라도 만난 듯 반가워하고 오래 대화한다. 어떻게 일본에 살게 되었는지 궁금해 하는 사람들에게 내 이야기를 해 준다.

1965년 즈음 일본에서 액세서리 사업을 본격적으로

고민하던 시기, 다양한 디자인으로 액세서리를 만들어 보고 있는데 남자 한복의 마고자 단추가 너무 아름다워 보였다.

"바로 이거다!"

나는 당장 한국의 마고자 단추를 만드는 장인을 찾아 갔다. 그 당시 한국은 산업화가 되기 전이어서 장인이 유리 단추 하나하나를 직접 만들고 있었다. 너무나 아름다운 유리 단추였다. 나는 한복의 마고자 단추에 끈을 달아 목걸이를 만들어 일본에 판매하기 시작했는데 그 목걸이가 일본 전역에 대박이 났었다.

첫 상품이 히트한 뒤 본격적으로 긴자에 내 이름을 걸고 오리지널 액세서리 사업을 시작했다. 그 당시 일본 경제는 부흥기였기 때문에 내 사업도 덩달아 부흥했다. 그 사업이 시작된 곳이 바로 긴자이다. 긴자는 내 인생의 무대이다. 수없이 걸으며 다양한 아이디어를 생산했던 이 길, 지금도 문학과 음악하는 사람들의 입에 오르내리지만 내 생은 이 긴자 거리에 봉인되어 있는 것 같다.

"우리가 사는 삼차원은 실은 시간과 공간을 초월할 수 있다."

특이한 것에 주목하거나 상식에만 신경을 쏟는 것은 손해다. 창의적인 생각과 아이디어는 나를 바꾸고 세상을 바꾸게 한다.

연말 긴자 거리의 구세군 자선냄비와 탁발승은 특별한 풍물이 되어 있다. 오랜 시간 긴자와 함께한 나는 이 거리가 언제나 특별한 존재이기를 원한다.

쉰 걸음마다
크리스마스트리
긴자이런가
聖樹立つ五十歩ごとの銀座かな

목탁을 치는
탁발승이여
세밑이구나
鈴鳴らす托鉢僧や年暮るる

● 도쿄

많은 여행지에서 나리타 공항으로 들어오면 언제나 그리

움에 휩싸인다. 소중한 가족의 얼굴, 친구의 얼굴이 다가
온다. 도쿄에 도착해서 수도고속도로가 나타나면, 대도
시의 불빛이 눈앞에 점점 다가온다. 그러면 이 도쿄도 내
소중한 고행의 하나라고 인정이 되고 사랑스러워진다.

잠들지 않는

도쿄의 겨울 하늘

청명한 달빛

眠らざる東京の冬空月冴えて

● 쇼와 말기 풍물

쇼와 시대 풍물이 복고풍으로 가끔 매체를 탄다. 당시의
음악, 문학, 거리 풍경, 인격 등 무언가 그립고 감상적이
게 한다. 레이와(영화)에 담긴 지는 그리 안 되지만 이토
록 향수를 자극하는 것은 우리 삶이 급격하게 컴퓨터를
쓰는 사회로 전환되었기 때문이라고 본다. 현대인의 필
수품이라는 스마트폰이 좀 야속하다. 온갖 걸 다 재촉하
다시피 하니 스산한 기분이 든다.

어떤 이는 편리하지만 너무나 편리해서 스마트폰이

없다면 모든 게 멈추어 버리고 사회와 연결된 선들이 끊어질 것 같은 불안감이 몰려든다고 강조한다. 그런 말을 들을 때마다 편지를 쓰거나 얼굴을 맞대고 공유하던 시간이 새롭게 소중하다. 일상이 편리함에 과도하게 의존해 있는 취약한 사회의 도래를 기사로 읽었다. 과연 인간의 성장에 편리함이 다인지는 의문스럽다. 쇼와 말기는 아직 휴대폰이 일상화되지 않았다. 1990년대에 들어서고 나서 삐삐나 자동 응답 전화기가 흔해졌다. 그 당시만 해도 사람과 사람 간에 열기가 있었고 사람이 따뜻했다고 기억한다.

시간이 멈춘 황혼의 동네를 주황색에 싸여 걷노라면 색 바랜 두부집 간판이 눈에 들어온다. 문득 쇼와 시대인 듯한 착각에 사로잡힌다. 나는 언제나 '지금'을 좋아하지만, 이런 '그때'가 너무나도 그리울 때가 있다.

히라가나로 된

자그마한 간판

두부전골집

ひら仮名の小さき看板湯豆腐屋

● 이즈

이즈 나가오카에 별장이 있던 당시 이즈 인근을 자주 다
니긴 했다. 아직 추위로 움츠리는 호수 수면 위로 매화
꽃은 맺은 봉오리를 살짝 터트렸다. 이렇게 호수와 매화
는 부지런히 서로 도와 가며 버티고 있을 것이다. 이 절
묘한 만남에 나도 모르게 나온 하이쿠이다.

호수를 안아

가장자리를 두른

하아얀 매화

湖を抱き縁取りしたろ梅白し

● 초록 산책

안개 같은 밝은 비가 오고 있었지만, 우산을 쓰지 않고
초록의 세계를 산책했다. 비의 은혜를 받은 자연 속 나
무들이 크게 심호흡했다. 발산하는 향기가 내 몸의 곳곳
에까지 상쾌한 에너지를 주사하듯 한다.

장마비구나

새로 돋은 이파리

향을 맞으며

五月雨や新樹の香り浴びをりて

● 구즈모치

참뱃길에 오른 인파를 따라 가족, 친구들의 건강, 끝내는
세계 평화까지 기원하고 앙미츠(일본 전통 팥 디저트) 상
점의 문을 열었다. 친구들과 구즈모치(칡떡)를 먹으며 끝
없이 수다를 떨고 즐겼다. 별것 아닌 대화가 왜 그렇게
유쾌할까. 여학생 시절로 돌아간 것 같았다. 우리는 사
이좋은 작은 새들 같았다. 시간이 지닌 상냥함이 마음에
스며들었다.

구즈모치에

검디검은 흑설탕

새해의 참배

くず餅に蜜黒々と初大師

삶의 유관을
내딛는 마음으로
한국전시회

일본에서 한국전(韓國展)을

열다

도쿄 미쓰코시 백화점, 1965년, 내 나이 서른여섯

일본에 살면서 일본 사람들에게 한국의 좋은 점을 알리고 싶다는 마음이 날로 강해졌다. 역사상 한국이 일본의 식민지였지만 한 번은 쌓인 감정을 씻고 서로가 가장 가까운 이웃이라는 입지에서 새롭게 관계를 만들었으면 좋겠다는 소원이 늘 마음 한편에 있었다. 1965년 한일협정을 앞두고 한국과 일본의 교류가 활발해질것이 예상되면서 소원을 이룰 때가 왔다는 생각이 들었다.

한국이란 곳의 역사가 일구어 온 일상의 문화, 예술 등을 있는 그대로 맛보게 할, 이름하여 '한국전'을 서민의 눈높이에 맞춰 열자. 그리고 개최한다면 미쓰코시 백화점에서 해 보고 싶다. 이렇게 한국전을 열면 일본에 한국의 문화와 좋은 점을 알릴 수 있다는 생각에 열정이 뻗쳤다.

당시도 그렇지만 지금도 미쓰코시는 일본 유수의 백화점일 뿐 아니라 세계적으로도 인지도가 높다. 그러기에 어찌됐건 미쓰코시의 문을 여는 일이 첫 단계였다.

일단 주변 사람들에게 내 뜻을 알려야 했다. 내가 사귀던 친우들을 둘러보니, 히다 케이코 초화 선생이 떠올랐다. 바로 히다 선생님에게 연락을 했더니 '한국전'에 전적으로 동의해 주셨다. 게다가 미쓰코시의 마쓰다 이사오(松田伊三雄, 1896~1972) 사장도 소개해 주었다. 실제로 만난 마쓰다 사장은 나를 지극히 친근하게 맞이해 주었다. 덕분에 품어 왔던 생각, 현재대로 양국이 처한 상태를 서로 이해하고 친근한 나라가 되었으면 하는 바람을 전했다. 이를 위해 여기 미쓰코시라는 무대에서 '한국전'을 열어서 한국을 깊이 있게 소개하고 싶고, 이를 위해 열심히 노력하겠다는 말을 전했다. 마쓰다 사장은 한마디도 놓치지 않으려는 듯 진지하게 경청해 주었고 한두 번 고개를 끄덕이며 말했다.

"윤득한 님이 이 한국전에 걸고 있는 의미를 잘 들었습니다."

강한 찬동이었다. 그와 함께 이 전시회를 이루기 위해 몇 가지 해결할 과제와 과정을 말했다. 그는 나에게 6층의 여러 화랑 중 어느 곳이 적당한지를 물었다. 이 기획의 성사를 위해 그에 어울리는 공간을 말하고 있었다. 바로 나는 답했다.

"이 6층 전부를 사용하고 싶습니다!"

마쓰다 사장은 처음에는 좀 놀란 듯했지만 잠시 생각하더니 답을 주었다.

"알겠습니다. 잘 알겠습니다. 그 열의와 통찰력, 축적해 온 지식이 있으면 6층 전부를 사용해도 가능할 것입니다. 원하는 대로 기획해서 잘해 보십시오."

그는 격려와 함께 허락했다. 그리고 그 자리에서 선전부장인 오카다 씨를 불러 나를 소개하고 적극적으로 협조하라고 말했다.

드디어 미쓰코시라는 일본 최고의 백화점이 무대가 된다니! 그런 꿈만 같은 이야기가 현실이 되었고 두서없이 세차게 내 등을 밀어왔다. 그러고는 기분 좋은 부담을 안고 고민할 새도 없이 그저 실현에만 몰두했다.

전시회를 기획하면서 나 자신이 우선 일본을 더 공부해야 할 필요를 느꼈다. 그 와중에 시라카바파(白樺派)의 중진이며 고호 연구로는 제1인자인 시키바 류조(式場隆三郞, 1898~1965) 선생을 알게 되었다. 선생과의 첫 만남은 하라주쿠역 앞 남국주가에서였다. 선생은 바로 세계 어디에서든 통할 만한 댄디즘과 지성 그 자체로서 존재감이 분명하게 다가왔다. 마쓰다 사장을 만났을 때처럼 크게 긴장하지 않고 '한국전'에 대한 내 생각을 말했고, 이를 위해 일본에 대한 지식과 역사관을 한꺼번에 배우고 싶다는 속내를 토로했다.

"한국 문화전, 좋은 일입니다. 한국과 일본 간의 역사를 일본인이 더 알아야 하기도 하고요. 시기도 좋습니다. 꼭 적극적으로 하세요. 나도 할 일이 있으면 협조하겠습니다."

시키바 선생은 즉답해 주었다.

걸출한 문화인인 선생에게서 기획에 대한 보증수표를 받은 데다 고문까지 맡아 주겠다니 자신감과 용기가

196

벅차올랐다. 그 이후 선생은 중요한 행사나 모임에 나를 자주 불렀다. 이런 말도 했다.

"윤득한 씨, 나한테서 가끔 가다 역사적으로 중요한 힌트가 될 만한 이야기가 나올지 모르니, 그때마다 메모를 해 두면 나중에 도움이 될 것이오."

나는 그와 동행할 때마다 메모했고 후에 큰 배움이 되었다. 그는 차로 도쿄 거리를 다닐 때도 곳곳마다 벌어진 사건과 일화를 가로세로 교차하며 말해 주었다. 정말 그의 말대로 꽤 많은 지식을 쌓을 수 있었다. 시키바 선생다운 심미안과 섬세한 정감은 아직 세상에 알려지기 전인 화가 야마시타 키요시(山下淸, 1922~1971)의 재능을 맨 먼저 알아챈 것으로도 알 수 있다. 이 인연으로 야마시타 키요시 화백도 여러 차례 동석하게 되었다. 돌이켜 보면 즐겁고 호사를 누린 시간이었다. 시키바 선생은 저명한 분들을 여럿 소개해 주었다. 그중 염색가로는 중진인 큐슈 제국대학교 미술부장 니시나 쥬로우(二科十朗, 1906~1978) 선생과의 만남이 가장 인상 깊다. 니시나 선생은 한국 문화(특히 도예, 염색 공예)에 통달했으며, 그의 친구 분들은 조선 가구에 찬사를 보내며 유럽에서도 그

가치가 인정되었다는 말을 해 주었다. 나는 용기를 얻은 것은 물론 아이디어까지 챙기게 되었다.

무엇보다 고마운 일은 니시나 선생의 제자들이 전시장 곳곳에서 전시품을 장식하는 등 큰 도움을 준 것이다. 그 밖에도 니시나 선생에게 많은 안건을 상의했고 정말로 정확한 조언을 해 주었다. 그리고 여러 응원 메시지를 받았다.

"한국이라는 나라야말로 새롭고 풍요로운 공예를 키우고 발달시켰는데, 아시아의 예술 문화에 크게 공헌하리라 기대하고 있어요."

모리시게 배우도 전시회 소식을 퍼뜨려 주었다.

"친한 한국 친구인 윤득한 여사가 여자의 손 하나로 한일 문화 교류에 전력을 쏟고 있습니다. 이번에 처음 시도되는 한국의 민예 문화전에 가서 현장 즉매를 합시다. 시간을 내서 한번 찾아주십시오. 모리시게 히사야."

반 준자부로 씨도 응원해 주었다.

"일본이 여러 나라에서 온 문화의 영양분을 흡수하여 독특한 미(美)로 그 결실을 맺은 데에 놀라지 않을 수 없어요. 특히 한국에서 온 귀화인 문화가 일본이란 나라에서 아름답게 꽃피운 것은 정말로 멋집니다. 일본인의 흡입력과 탐구욕에 경의를 표해요."

솔직하고 소박하며 순수한 두 분의 인품이 연상되는 소개 안내 엽서를 보내 주었고, 폭 넓게 교우를 맺고 있는 지인들에게도 엽서를 발신해 주었다.

이케노보우류(池坊流), 오하라류, 소게츠류 등 꽃꽂이 선생들, 어학과 다도의 관계자들 모두 진지하게 행사를 응원해 주었다.

꿈이 실현되는 과정, 기쁨과 불안이 섞이는 그 와중에 전시 준비로 한국과 일본을 여러 차례 오갔다. 이렇게 두 나라를 오갈 때마다 새로운 발견도 있었다.

"자연 그 자체처럼 뭔가 타협되지 않고 소박하면서 따뜻한 일상에서 아무리 사용해도 싫증이 나지 않는 친근한 작품!"

그런 종류의 물건을 구하고 있었다.

다기, 도·공예품, 탈, 전통 공예품, 문헌에 의거한 전통 조선 가구의 모조품 등. 또한 조선 독서대 등 격조 높은 작품들을 찾았다. 신규 제작은 각 대학교 미술부에 요청했고, 민예품은 세밀하게 제작하는 공장을 선별하여 주문했다. 거기에 더해서 우리 기획의 취지를 역사박물관에 설명하고 일정한 기한 동안 작품을 빌리는 교섭도 진행했다.

시대가 검증된 소품은 지방이라도 직접 찾아갔다. 한국과 일본 사람들이 서로 마음으로 이해하며 기쁨을 나누고 싶다! 그런 강한 동기가 나를 더 앞으로 밀어붙였다.

당시 한국은 전쟁의 후유증으로 인해 사회적으로도 경제적으로도 피폐해 있었고, 수복과 재생을 위해 누구나 고생하던 시절이었다. 그 상황인데도 불구하고 여러 방면에서 자연 발생적으로 많은 친구들이 달려와 주었다. 어머니는 내가 어릴 적에 자주 말씀하시곤 했다.

"너는 인복이 많은 운명으로 태어났단다."

어머니는 어떻게 미리 알고 계셨을까? 이때 진심으로 그 의미를 알게 되었다. 그렇게 길 없는 길을 걷던 '한국전'도 착실하게 한 걸음씩 나아갔고 이에 나도 놀랐다.

실용 즉매품 전시장과 관상용 참고품 전시장 설치 등 행사 준비는 깊이를 더하며 순조롭게 진행되었다. 수집가들은 아주 의미 있는 행사라며 그동안 세상에 빛을 못 봤던 국보급의 골든 컬렉션을 흔쾌히 빌려주었다.

고려청자의 아름다운 자태, 조선백자의 진정한 빛깔은 역사적으로도 많은 이들을 매료시켜 왔는데, 이번 행사로 더욱 주목받게 되었다.

교토통신사는 이런 정보를 큰 뉴스로 다루어 주었고, 신문협회 카사기(쏬置) 님이 바쁜 와중에도 손을 내밀어서 여러 곳의 취재를 받게 해 주었다.

당일 아침, 기도를 올려서 모든 일을 하나님에게 맡기니 불안한 마음은 그 어디에도 없었다. 내가 힘주지 않아도 되어야 할 일이라면 잘될 것이고 아니라면 할 수 없는 일이다. 난 후회 없이 최선을 다했다. 오히려 테이프 커팅의 시간이 다가올수록 마음은 편안해 졌다.

살얼음판을

내딛는 마음으로

한국전시회

薄氷に踏み出す意氣の韓國展

일월이구나

비는 마음을 담아

한국전시회
一月や祈りを込めて韓國展

"자 드디어 시작!"

마침내 1965년 1월 5일부터 11일까지 니혼바시 미쓰코시 본점 6층 전 층에서 '한국전'이 열렸다. 개장과 동시에 예상을 훨씬 뛰어넘는 사람들이 방문했다. 나는 긴장과 기쁨 속에 손님들에게 설명하는 역할을 맡았다.

연일 성황이었고 나흘째에는 미치코(美智子)비의 어머님이 방문해 주었다. 그분의 모습을 보니 기품이란 게 진짜로 존재함을 알게 되었다. 어머니란 마음의 아름다움이 나타난 것일지도 모른다. 나는 행사장을 돌며 설명드렸고 그녀는 작품 하나하나를 자비의 눈으로 보고 물을 만한 여러 질문을 해 왔으며 나는 그때마다 답했다. 나는 이 과정을 큰 기쁨으로 기억한다. 아직도 잊을 수 없는 마음의 양식으로 남아 있다.

마지막 날에도 인파는 그치지 않았다. 성황을 넘어 설마 대성공이 될 줄이야 나 자신도 상상하지 못했다. 그것은 마쓰다 사장님도 마찬가지였는지 내 눈을 보면서 고맙다고 말했다.

"연속 성황입니다. 어떻게 이런 훌륭한 작품들을 다 모으셨네요. 정말로 감사합니다."

그 경건한 모습에 나는 울컥했다.

"모두 마쓰다 사장님 덕분입니다. 정말로 감사합니다."

좀 더 센스 있게 감사를 드리고 싶었는데 벅찬 감동이 밀려와서 말이 간단해졌다. 즉매품은 하나도 남김없이 싹 팔렸고, 전시 후반에 온 손님들은 이미 판매된 표만 보게 해서 그것이 미안했다.

감개무량했다. 전심전력을 다한 행사. 그것은 이후 내가 갈 길, 방향성으로 결정되었다. 이 기획 초기에 작은 무대가 아닌 좀 더 큰 무대에서 실현하고자 했는데 운 좋게 결실을 맺게 되었다.

'한국전'이 이렇게까지 일본 사람들에게서 관심을 받게 된 점은 두 나라가 가진 잠재했던 문화의 연, 미학의 공유, 그런 것들이 저류에 받치고 있었기에 가능했다고 생각한다.

어찌 보면 일본의 미는 한국 본래의 미를 예술의 경지

로 끌어올렸다고 생각한다. 한국에서 평상시 쓰던 그릇들은 볼품이 없어 보이는데 거기에서 미의 극치를 찾아낸 것이다. 일본 사람들은 미를 발견하고 감상하고 끌어올리는 데 탁월한 재능을 갖고 있다.

역사는 그것을 잘 기억하고 있었다. 그런 사소함에 대한 발견이 우리에게 무엇보다도 행복함과 충족감, 그리고 용기를 내게 했다. 비록 전시는 작은 규모였지만 한일 친선의 가교로서 역할을 담당하였다고 확신한다.

그 후로도 '한국전'은 오오사카의 한큐, 히로시마의 후쿠야, 키타큐슈와 쿠루메의 이즈쓰야, 삿포로의 미쓰코시 등 일본 전국의 유명 백화점에서 열렸다. 일본에 '한국전'을 열 수 있었던 것은 일본인들의 도움을 받았기 때문이다. 그들은 한국에 대해 사죄의 마음을 갖고 화해의 가교를 놓아야 한다는 문제의식으로 이 전시에 협력했고 도움을 주었다.

하지만 안타깝게도 '한국전'을 연 지 수십 년의 세월이 지났건만 한국과 일본의 관계는 나아질 기미가 보이지 않고 평행선을 긋고 있다. 일본에 오래 살아온 한국 사람으로 한국과 일본과 화합하지 못하는 이유야 충분히 납득이 가지만, 과거의 관계에 매몰되어 미래를 보지 않은 모습을 보면 안타깝기도 하다.

일본은 먼저 전쟁을 일으켰고 인류에 커다란 죄를 지었음이 자명함에도 반성은커녕 다시 전쟁을 할 수 있게 헌법을 개정한다는 건 절대 용납할 수 없다.

현재 평범한 일본 사람들은 한국을 좋아한다. 다시 태어난다면 한국인으로 태어나고 싶다고 말하는 젊은 사람들도 많다고 한다. 현재 한국 드라마나 영화, 각종 분야에서 두각을 드러내며 한국에 대한 좋은 인식이 심어지는 것을 보면 70여 년 전 부산 피난 시절, 가난한 한국을 전 세계에 알리기 위해 시나리오를 쓰고 싶어 했던 옛날이 떠오르며 깊은 감회에 잠긴다.

한 세기를 살아 온 나를 낳아 준 나라는 한국이고, 대부분의 인생을 살게 해 준 나라는 일본이다. 비록 해결하기 힘든 역사 문제를 갖고 있는 두 나라이지만 거리상으로 매우 가깝고, 또 세계의 여러 민족 중에 가장 비슷한 DNA를 갖고 있다고 한다. 소통하기 위해서는 양쪽 다 조금씩 양보를 해야 하기 때문에 고통이 따른다. 하지만 처음 양보할 땐 큰 손해를 보는 듯하지만 결국 큰 것을 얻기 위한 가장 경제적인 투자라는 걸 오랜 세월 살다 보니 알게 되었다. 두 나라 사람들의 장점과 단점을 잘 알고 있는 나로서는 때로는 재미난 상상을 해 보기도 한다. 한국 사람과 일본 사람의 좋은 점을 섞으면 얼마나 좋을까. 한국 사람들의 진취적인 면과 창의적인 사고, 그리고 일본 사람들의 논리적이고 이성적인 태도가 협력하면 동북아시아의 기적을 보게 되지 않을까?

한국은 일본의 술 문화라든지, 집착적이며 이중적인 면만 보지 말고 일본 국민들의 건실하고 성실하고 정직한 부분을 바라볼 필요가 있다. 나쁜 점을 배척만 하지 말고 좋은 점을 서로 배워 보자

"三人行 必有我師(삼인행 필유아사)"라는 말이 있지 않는가?

세 사람이 같이 길을 가면 반드시 내 스승이 있다.

좋은 일을 하면 좋은 것은 본받고 나쁜 것은 경계하게 되므로 선악 간에 반드시 스승이 될 만한 것이 있다는 말이다.

나야 인생이 황혼기에 접어들어 이제 내 인생이나 정리하고 떠나면 되겠지만, 앞으로 살아갈 날이 많은 내 아들들과 손주들이 한국과 일본의 경계를 넘어 자유롭게 교류하며 그 안에서 삶의 풍요를 배우기를 진심으로 바라고 기도한다.

하이쿠로 붙잡은

여행 조각들

● 볼리비아 라파스

1977년 나와 남편은 페루의 쿠스코를 거쳐 볼리비아의
라파스에 도착했다. 무역상인 남편이 쥬키미싱공업과
체결한 계약에 따라 볼리비아의 대리점을 알리는 큰 간
판을 공항에 걸어야 했다. 라파스의 표고는 4,000미터이
며 여름에도 최고 기온이 20도 이하인 도시라 고산병 약
을 먹고 여행했다.

　나는 남편에게 볼리비아에서 최후를 맞았던 체 게바
라에 대해 한참을 연설했다. 항상 약한 자들의 편에 서
고 목숨을 돌아보지 않고 권력에 맞섰던 생애는 얼마나
많은 사람들에게 용기와 감동을 주었는지 모른다. 그런
그가 생을 마친 마지막 땅이 볼리비아였기에, 용감했던
그의 모습이 여기 볼리비아에 잘 남아 있다. 게바라의
인기는 오늘날도 시들 줄 모르며, 오히려 팬들이 더 늘
고 있다고 한다. 남편은 게바라 사랑에 대한 내 얘기를
잘 들어 줬다.

　그날도 남편이랑 현지에 사는 분들과 함께 레스토랑
에 있었다. 시원한 공기를 마시며 거래처 사장님과 담소
를 나누고 있는데 갑자기 하늘이 어두워졌다. 금세 폭풍

우가 돌풍과 함께 몰아쳤다. 우리는 서로의 얼굴을 보며 나이프와 포크를 든 채로 얼어붙었다.

'이건······.'

공포로 얼어 버린 눈으로 신호를 주고받았다. 이 도시의 구조는 가파르게 비탈진 지형이 많아서 길은 어느새 급류가 흐르는 강처럼 변했고, 드럼통과 양동이 등의 물체가 뒹굴뒹굴 큰 소리를 내면서 떠내려갔다. 표고가 높아 호흡도 어려운 남미의 땅에서 천지를 삼킬 듯이 쏟아지는 호우라니!

위험은 고사하고 죽음이 곧 다가온 게 아닌지 혼란스러웠다. 아무것도 할 수 없어서 그저 망연자실하고 있었다. 공포에 떨며 풍광을 지켜보는데 햇살 한 줄이 쫙 들어오고 주위가 한순간 훤해지면서 하늘이 핵 맑아졌다. 그때 우리는 겨우 정신을 차리고 주변 사람들을 돌아봤다. 어라, 이곳 사람들은 전혀 놀란 기색이 없고 태연하기까지 했다. 각기 떠내려가다 흩어진 소유물을 주우러 사람들이 쏟아져 나오면서 방금까지 탁류였던 길이 붐볐다.

"이 시기가 되면 자주 일어나는 날씨의 큰 재채기예요"

누군가 설명했다. 이런 날씨를 몰랐던 우리에게는 바로 천재지변이 따로 없었다.

겨울의 폭풍
게바라 기념일이
되어 버렸네
冬嵐ゲバラ記念日となりにけり

● 미국 볼티모어
미국 볼티모어 여동생 집은 자연의 큰 혜택을 만끽할 만한 특별한 장소였다. 여동생은 넓은 정원에 텃밭을 가꾸고 채소와 과일, 허브 등을 재배하고 있었다. 그것들이 철마다 식사 메뉴로 올라왔다.

볼티모어는 이탈리아인의 이민이 시작된 메릴랜드 주의 최대 도시이다. 워싱턴과는 마치 서울과 인천 같은 사이다. 유서 깊은 천연의 항구로 알려졌지만 옛날에는 남북 전쟁의 무대로서 국가와 성조기가 탄생한 장소이기도 하다. 음악가, 영화감독, 소설가 등 많은 예술가들이 이곳에서 창작 활동을 했고 죽을 때까지 이 도시를 떠나지 않았다고 한다. 얼마나 이 땅이 예술가의 사고, 감각, 감성을 닦는 데 어울리는 장소인지를 알 수 있다.

중복 장애를 앓으면서도 세계 각지를 돌아다니며 교육과 복지의 발전을 위해 평생을 다한 헬렌 켈러는 여섯 살 때 볼티모어의 의사인 그레이엄 벨과 만났고, 그의 권유로 보스턴의 퍼킨스 맹아학교에서 가정교사로 모셔 온 앤 설리번 여사에게서 사랑을 배우고 희망을 찾았다.

소나기가 그치고 초록색이 더욱 빛을 발하는 6월의 황혼시, 홀로 주택가를 산책했다. 솟아오른 거목에 둘러싸인 집들은 하나하나가 개성적이고 독특했다. 잔디로 아름답게 가꾼 앞뜰은 집 주인의 센스를 그대로 드러내 보기만 해도 즐거워졌다. 해가 지면 그런 잔디 위로 작은 불빛들이 사방에서 올라왔다. 차츰 어두워질수록 한꺼번에 점멸하는 그 불빛의 선명한 정체는 반딧불의 향연이었다. 난 반딧불들을 계속 쫓았지만 어느 순간 불빛의 점멸은 사라졌다. 황혼시에 온갖 물상이 내뿜는 빛과 숨결, 그리고 일생에 몇 번 없는 반딧불과의 만남을 소중히 여기며 이 평화를 새겼다.

저녁 소나기

반딧불이 불러내

불빛의 향연

夕立ちやホタルを招いて光の宴

● 미국 뉴올리언스

LA에서 비행기로 '딕시랜드 재즈'의 메카인 뉴올리언스
에 도착했다. 거기서는 1984년 5월부터 11월까지 엑스
포가 열렸다. 나는 엑스포를 좋아해서 실제로 오사카 엑
스포를 시작으로 꽤 많은 세계 엑스포를 가 봤다. 개최
국과 개최 도시를 갈 때마다 조건반사처럼 설렌다. 그
시대의 주제와 메시지를 발신하는 엑스포는 많은 것을
배울 수 있어서 즐거움도 재미도 각별했다.

그해의 주제는 '강의 세계, 물은 생명의 기원'이었다.
이 지구상에 있는 것 중에서 '물'은 우리가 아직도 배워
야 할 미지의 영역이라고 생각한다. 끝없이 다뤄야 할
보편적인 주제라면, 사람과 자연의 공생 공존이 아닐
까? 나는 항상 그렇게 생각한다. 유서 깊은 이 항구 도시
는 프랑스령이던 시절의 면모가 강하다. 나란히 있는 발

코니의 운치는 향수를 느끼게 한다. 여행 이유인 엑스포 탐방 그리고 재즈 탄생의 땅인 이 거리를 느긋하게 즐겼다. 이 도시는 딱 보기에도 흑인이 많은데, 흑인이 80퍼센트나 산다고 한다. 여기도 해프닝과 즐겁고 놀랄 일들이 그득했다. 뉴올리언스는 최근까지 프랑스의 소개지였으니 다른 도시와 꽤 달라서 젊은이들에게 추천하고 싶은 도시이다.

파도 소리야

재즈에 흥이 나서

저무는 거리

潮騒やジャズに浮かれて暮るる街

● 태국 방콕

유럽 가는 비행기를 갈아타려고 태국 방콕에 자주 묵었다. 노점상 안 사람들의 열기와 훈김이 방콕만의 야시장을 달궜다. 누구나 하루 일과를 끝내고 맛난 음식들에 무심결로 손을 옮기며 복잡했던 낮 시간에서 벗어나고 있었다. 이렇게 해야 또 다른 내일의 대낮을 살아갈 테니까.

먹는 짓은 인생 그 자체라, 먹는 곳에는 인간의 정이 담뿍 담겨 있다. 뉴스에 방콕의 붐비던 노상 점포들, 큐슈 하카타와 대만의 야시장이 없어진다니 서운하다. 시민들이 편하게 모이고, 여행자들이 소원하는 여정의 하나인 야시장이 사라진다니 안타깝다.

흔적도 없이
야시장 사라지고
시원한 바람
夜の屋台みごとに消えて風涼し

● 스리랑카 캔디

디자이너와 복식업 종사자 열 명이서 과거에 왕국이었던 스리랑카를 방문했다. 콜롬보 일정을 소화하고 캔디(Kandy)에 도착한 나는 여행의 피로가 남아 어지럼증에 시달렸다. 시간이 지나면 괜찮아질 거라 여겼는데 전혀 나아지지 않았다. 지푸라기라도 잡는 심정으로 병원에 갔다. 약을 먹으니 좀 호전되어서 영국인 의사와 한담을 나누게 되었다. 영국이 식민지로 지배했던 이 나라는 2

차 세계대전 후 해방되었고, 많은 영국인 동료들은 고국으로 돌아갔다고 한다. 자신은 여기 캔디에서의 의사 일에 애착이 갔고, 목숨이 다할 때까지 주민들과 함께하고 싶다고 했다. 이제 자신을 따라서 새로운 의사들이 열심히 종사하고 있다고 했다.

보통 구미 제국인들은 아시아 식민지 사람들에 대하여 거만하지만, 그의 태도는 전혀 그렇지 않았다. 오히려 사랑과 겸손을 갖춘 사람이었다. 사랑과 겸손은 이 땅의 상징이기도 하다. 평등을 존중하는 불교의 자비 정신을 실천한다고나 할까? 그런 생각이 들었다.

영국인 의사의 처방 덕에 괴로웠던 어지럼증이 다음 날에는 꽤 회복되었다. 어지럼에 시달리던 나를 지탱한 것은 역시나 하이쿠였다. 체력 소모가 큰 긴 문장은 쓸 수 없어서 짧게 응축된 하이쿠를 지으며 내 마음은 조금씩 평온해졌다. 완쾌한 나는 마침내 온 도시가 세계 유산인 캔디 투어에 들어갔다. 캔디의 어원이 '산'을 뜻하듯 여기저기 비탈길이 즐비했다. 언덕 위로 솟은 전통적인 건축물은 '장엄'이라는 낱말이 딱 어울렸다. 아프리카적인 웅장함, 아시아적인 섬세함, 그리고 영국적인 문화가 생생하게 어우러져 있음을 실감했다. 영국의 상류층이 리조트를 애호하는 것도 납득이 되었다.

목적지인 불치사(佛齒寺)에서 스리랑카 전통 취주 악기가 뿜어내는 음색은 복잡하고 독특한 건물의 철제 분위기와 잘 어울렸다. 큰 열반상 앞에서 삼배하는 불교도의 수에도 압도되었다.

캔디호와 불치사 인근 퀸스 호텔에서 홍차를 한 잔 마셨다. 160여 년이나 된 호텔은 역시 중후함과 관록이 느껴졌다. 홍차의 농도를 고를 수 있어서 약한 스트레이트 티로 맛보았다. 그 품위 있는 맛과 향이 이 땅의 역사를 떠오르게 했다. 전통 의상인 오사리를 입은 여인들이 아름다운 풍경에 녹아 있었다.

춘등 밝히고
열반상에 합장하는
평화로구나
春燈や涅槃像に合掌の平和かな

● 체코 프라하

1993년 체코슬로바키아가 체코와 슬로바키아로 분열되었다. 유일하다는 무혈 혁명이 벌어졌고 프라하는 체코의 수도로 남았다. 그런 기념할 만한 타이밍에 이 도시를 방문하는 행운을 얻었다.

독일 여행 후 드레스덴을 거쳐 프라하로 향했다. 이제 와서 생각하면 기차 여행을 만끽했던 추억이 남아 있다. 엘베강에 이은 창밖 풍경의 아름다움, 그 절경은 말로 표현할 수 없을 만큼 감동이었다. 마음껏 창문에 보이는 풍경을 즐겼다. 바로 지복의 시간이었다.

프라하는 숙고하지 않고 문득 생각나서 왔기에 여행 정보도 부족했다. 기차역에 도착하자 놀랄 만큼 많은 호객꾼들이 나를 둘러싸고, 다들 서툰 영어로 이렇다고 저렇다고 숙소를 설명했다. 아무 계획 없이 왔던 나의 준비성을 탓했다. 잠시 혼란스러웠지만 냉정한 태도로 경청했다. 모두들 열심이었다. 그리고 하나같이 좋은 사람임을 알아차리는 데 시간이 얼마 걸리지 않았다. 그중에 초로의 평범한 아주머니가 보인 열정에 나는 문득 OK 해 버렸다. "숙소는 바로 근처예요"라고 말한 것보다는 오래 걸린 듯하지만 용서가 되는 범위였다.

민박으로 3박 이하는 짧았지만 우리는 서로 옛 친구처럼 이야기하며 평화로운 시간을 나눴다. 아주머니는 흥미롭게 "지금 프라하에 부동산을 사 두면 한두 해 지나 분명히 많을 돈을 벌 거예요"라며 진지하게 권했다. 문득 그 장면이 떠오른다. 다시 생각하면 무모한 모험 여행이었을지도 모른다.

카를교

프라하의 봄에

해후하였네

カレル橋プラハの春に出会いけり

몰다우강의

흐름을 쫓아가는

봄날의 구름

モルダウの流れを追ひて春の雲

스메타나의

명곡에 뜨거워진

가슴이구나

スメタナの名曲胸に風熱し

● 포르투갈 오비두스

포르투갈은 내가 아주 좋아하는 나라이다. 정말 좋아하
는 동네도 몇 개 있다. 오비두스, 코임브라도 나에게는
특별한 존재이다. 성벽의 도시, 그런 성벽의 작은 창문
에서 보이는 풍경, 주황색으로 이은 지붕들. 작은 돌길이
몇 개 있어서 가게와 민가, 성당, 광장이 아담하게 정돈
되어 있다. 하얀 벽의 아름다운 거리에 블루, 분홍색, 노
란색의 벽이 거리 입구에서도 보이는 아주 귀여운 마을
이다. 집들의 창문에는 꽃이 넘친다.

집들은 땅보다 약간 낮게 지어서인지 산책하다 보면
창문으로 집 안쪽이 다 보인다. 보여도 상관없다는 듯이
방안의 장식조차 눈에 들어온다. 방안 장식품들은 빼어
나게 배치되어 있어서 엿보는 사람의 눈을 즐겁게 해 준
다. 주민과 눈이 마주치면 싱긋 미소를 보내온다. 포르투
갈 고유의 풍경에 둘러싸여 있노라면 마음속부터 위로

받는 기분이다.

포르투갈에는 특유의 정서를 표현하는 '사우다지'라는 말이 있다. '깊은 향수'를 뜻하는 이 말은 운명에 순응하면서도 끊임없이 어떤 대상을 열망하는 등의 긴장과 모순 앞에 놓일 때 나타나는 정서를 의미한다. 또한 잊을 수 없는 지난 추억이 시간이 지나도 여전히 그대로 다시 살아나는 것을 가리키기도 한다. 이렇게 깊은 정서가 이 나라를 받치고 있다고 보면, 내가 진심으로 포르투갈을 좋아하는 이유를 스스로 납득하게 된다.

오비두스는 마을의 특산품인 체리, 그리고 초콜릿의 명산지이다. 초콜릿으로 만든 컵에 체리로 만든 '진진냐'라는 술을 가득 부은 뒤 초콜릿 컵을 입으로 덥석 물어 마시고 먹는다는데 아쉽게도 나는 먹을 기회를 놓쳤다.

참말로 꿈의 세계인 오비두스답다.

오비두스여

그윽한

꽃향기

オビドスや花の香りの甘きかな

각양각색의

꽃 화분이 늘어선

오비두스 길

とりどりの花鉢並べオビドス路

● 스페인 마드리드

마드리드에서 200년 역사를 자랑하는 레스토랑에 안내를 받았다. 낡은 조각품을 감상하며 살며시 들리는 왈츠에 귀를 세우다 보면 갑자기 기둥 시계가 데엥~ 8시를 알린다. 그러면 마치 이게 신호인 듯 급사들이 모든 창문의 셔터들을 내리고 어느새 테이블에는 사람들로 꽉 찬다. 스페인에서 밤 8시는 식사 시간이다.

30분이 더 지나자 검은 머리, 마술사 같은 눈동자의 무희들이 중앙에 등장했다. 그렇다. 여기는 '카페 칸탄테'다. 조명들의 빛이 다른 세계에서 온 사자처럼 무희들을 비쳤다. 무희의 스텝과 더불어 기타가 열정과 애절함을 선율에 담아 연주했다.

"이것이 본고장 중 본고장의 플라멩코야!"

그렇게 말하는 듯 무희가 눈빛으로 기타 연주자를, 손

님들을 도발했다. 다음은 기타 연주자의 노래였다. 이에 맞춰 무희들은 격렬한 스텝으로 우리 테이블 바로 앞까지 왔다. 그녀들의 표정이, 땀이 바로 우리에게로 튀어 날아왔다. 박진감 넘치는 눈동자 저 안쪽에서 최면을 거는 듯했다. 그때 이런 생각이 들었다.

'플라멩코의 춤은 도취일지 모르겠다.'

뜨거운 땀
흩뿌리며 춤추는
플라멩코여
熱い汗振りまく舞ひやフラメンコ

옛날에 그라나다와 론다의 춤이 융합하여 플라멩코 스타일 춤의 바탕이 되었다고 한다. 애당초 집집마다 사적인 곳에서 췄는데 19세기 후반에 '카페 칸탄테'라는 플라멩코를 정기적으로 공연하는 음식점들이 생겨나면서 플라멩코는 더 화려해졌다고 들었다. '플라멩코'라는 말은 1853년 마드리드에서 열린 야회(夜會)에서 유래했다고 한다.

● 이스라엘 예루살렘

로마를 떠나 이스라엘의 텔아비브 공항에 도착했다. 염원이 이루어져 마침내 예루살렘, 성지에 닿았다. 숙소는 예루살렘의 미문 바로 근처 노테르담 호텔이었다. 도시의 전경을 내려다볼 수 있는 좀 높은 언덕 위 넓은 정원에서 저녁 식사를 할 때였다. 그날은 보름달이 멋진 밤이었다. 둥그런 달에 갑작스레 한조각 구름이 살짝 끼었다. 구름이 달과 겹치더니만 펀펀히 흘렀다. 그러곤 그대로 구름은 달을 스쳐 지나갔다. 구름이 달에서 완전히 떨어지는 찰라 여기저기서 환호성이 울렸다.

한 조각 구름

보름달을 스치는

예루살렘

一片の雲望月よぎるエルサレム

아니 가장 먼저 환호를 올린 사람은 나였다. 이게 고요하고 잔잔한 호수에 돌을 던진 게 되었다. 다른 이들도 유유히 보름달을 지나는 구름에 넋을 놓았다. 그래서

224

이 숨 막히는 현상의 완성인 양 한숨이 파문처럼 확산된 것이었다. 이토록 작은 한 장면이 그 뒤로 나의 달구경을 감상적으로 만들었다.

여름의 구름
사도의 그림자인가
갈릴리 호수
夏の雲使徒の影かなガリラヤ湖

● 독일 하노버

2000년, 독일 하노버에서 세계 엑스포가 열렸다. 주제는 '자연, 인간, 기술'이었다. 새천년의 첫해로 '새로운 세계의 개막'이란 부제가 붙었다. 바로 미래 지구 생태계의 기반인 자연을 어떻게 보호할까를 앞세운 이벤트였다. 둘째 아들도 마침 유럽에서 업무를 마쳐서 운 좋게 함께 했다. 21세기 첫 해를 맞는 데 어울리는 주제였고, 나도 자연을 사랑하는 한 사람으로서 설레며 방문했다. 독일에서는 여태 없었던 대형 국제 박람회이고, 전시장 부지가 160헥타르나 되고 무려 191개국이 참가했으며, 입장

객도 1800만 명에 달한 기록적인 만국 박람회였다. 일본 전시장은 '자연과 생태'라는 주제에 어울리는 포와 종이를 접목시켜 터널의 아치처럼 커다란 공간을 연출했다. 아주 시원하고 바람이 잘 통하는 일본다운 분위기와 품성이 느껴져서 좋았다.

하노버 박람회
환경을 주제로
가을빛 들다

ハノーヴァー博エコをテーマに秋きざす

만국 박람회를 둘러본 다음은 하노버 길거리의 정서를 즐겼다. 그러곤 베를린으로 건너가 잠시 머문 후에 아들은 귀국했고, 나는 성년의 로마로 순례를 떠났다.

● 이탈리아 로마

2000년 밀레니엄의 첫해는 성당의 대성년이라 천주교도를 비롯한 많은 여행자들이 로마로 향했다. 나는 대체로 호텔을 미리 예약하지 않고 현지에서 내 스타일대로 숙소를 찾았는데, 이 방식이 스릴도 있고 해방감을 줬다. 이즈음은 로마도 제법 익숙해서 공항에서 직행열차를 타고 로마 중앙역으로 향했다. 시내로 들어서면서 한여름 같은 더위에 놀랐다. 10월의 독일은 코트를 꽁꽁 싸매도 추웠으니까.

로마의 명소나 유명 건물에는 렘브란트 만년의 작품인 〈돌아온 탕자〉가 노보리(큰 깃발)로 세워지거나 달려 있어서 바람에 팔락이면 독특한 분위기를 자아냈다.

렘브란트의 그림
로마를 장식하는
밀레니엄
レンブラン画ローマ市飾るやミレニアム

이 해는 대성년이며 '회심'이 골자였다. 인간은 살아가는 한 죄를 짓고 잘못을 저지른다. 그러나 반성하고 회개하면 다시 살아갈 수 있다고 성서는 기록한다.

반성, 회개, 용서. 이로 인해 그곳에는 사랑과 자비가 생겨난다. 그런 대성년을 반추하면서 걷다 보니 단골 숙소가 눈에 띄었다. 숙소에 이르니 아는 프런트 맨이 좀 비판조로 말했다.

"이럴 때, 왜 전화 한 통 없이 갑자기 왔어요?"

"로마는 지금 전 세계에서 온 순례자로 넘쳐나서 빈방은 더더구나 없는 시기입니다"라며 면박을 줬다.

맞다, 그렇다. 나야말로 이국에서 온 순례자이다. 내 생각에만 골몰해서 상황을 살피지 않았다고 반성할 수밖에 없었다.

그런데 이탈리아인 특유의 친근감과 친절이 통했다.

"여기도 이미 만실인데 어떻게 하죠?"

그는 내가 갈 만한 숙소 여기저기로 전화를 돌렸다. 그의 친절 덕분에 몇 블록 떨어진 작은 호텔에 일단 하룻밤을 지낼 방을 얻었다. 작은 기적이었다.

다음 날은 좀 멀지만 다른 호텔에서 2박 할 수 있다고 했다. 그 후로는 또 찾아보자고 했다. 내일 가는 호텔에서 일단 그 다음 숙박을 상담하면 된다고 조언해 주었다. 여행 가방을 들고 호텔 이곳저곳에 들러서 숙박 가능한지 여부를 묻고 혹 빈방이 나면 부탁한다며 물어물어 다녔다. 나로서는 이게 바로 작은 순례였다.

로마의 활기는 대단했다. 붐비며 지나치는 그 사람들의 시선으로 보면 나도 군중 속의 한 사람일 뿐이었다. 순례처인 성당을 돌다가 어느 성당 안에 모인 사람들 속에 섞여 있으니, 다양한 이국인들과 동일한 신앙으로 하나가 되어 있음을 실감하게 되었다.

그 후 17년이 지난 이 순간, 여행 가방을 끌며 숙소에서 다음 숙소로 전전하던 내 모습이 눈에 선하다. 일이 순조롭지 않을 때야 비로소 마음의 성장이 이어진다고 배우게 된다.

'살아 있다는 것, 그 모든 게 순례군요…….'

밀레니엄

기도의 순례

바티칸으로

ミレニアム祈りの巡礼バチカンへ

여러 사람의

신앙과 함께

깊어지는 가을

諸人の信仰同じく秋熟し

● 이탈리아 사르데냐섬

바다의 아름다움에 마음속 깊이 빠져들었다. 바다의 푸른색은 레벨이 달랐다. 남색이 몇 겹이나 중첩되어 흔들리는 푸른색이었다. 해변에는 노란색과 자주색의 작은 꽃이 한쪽에 예쁘게 피어 있었다. 유적의 아름다움은 말할 게 없고, 이것이 진정 사르데냐에 완전히 빠져들게 하는 매력이었다. 작은 유람선에서 우리들 세 명만이 바다를 다 차지하는 호사를 누렸다. 바로 옆에 코르시카섬이 보였다.

사르데냐의

코발트 긁어 모은

한여름이여

サルデーニャ藍をかきねて夏盛り

세계 각처에 흩어져 있는 아름다운 장소를 모두 섭렵한 셀럽들이 최고의 바캉스를 즐기러 이 섬에 찾아온다.

우리가 탄 유람선의 선장은 턱수염이 멋졌는데, 마주할 때마다 소소한 여담을 들려주었다.

선장은 생각지도 않게, 다이애나비와 그 연인이 자길 고용해서 그저께까지 1주일 동안 모셨다고 했다. 선장이 그 유명한 다이애나비 일행에 관한 이야기를 한 바로 그 순간, 우리는 얼굴을 마주 보며 아연실색했다. 바로 오늘 아침, 다이애나비가 파리에서 사망했다는 비보를 접했기 때문이었다.

내가 여기에 오기 40일 전쯤, 미국 플로리다에 있을 때였다. 텔레비전 뉴스를 별생각 없이 보고 있는데, 세계적인 디자이너 베르사체의 장례식이 방영되었다. 베르사체의 친구였던 다이애너비도 상당히 충격을 받은 모습이었다. 낙담한 마음을 숨기지 못하고 눈물을 흘리며 장례에 참석하는 바로 옆에서, 엘튼 존이 뭔가 위로의 말을 속삭이는 모습이 방영되었다.

또 내가 뉴욕에 머물 때도 다이애너비가 자기 의상을 뉴욕의 자선 바자회에 내놓는 장면도 텔레비전에서 보았다. 이번에는, 이 사르데냐에서 다이애나비와 바로 이삼일 전까지 시간을 함께 보냈던 사람과 만난 것이었다.

시간이 좀 어긋나지만, 이렇게 번번이 같은 상황을 공유하고 있었다는 우연에 놀라웠다.

● 이탈리아 그로타페라타

이탈리아는 지역 토양 나름의 개성 넘치는 요리가 많다. 로마 근교에 있는 마을, 그로타페라타의 요리도 평판이 높다. 대접할 거라며 내 이탈리아 친구들을 초대해서 그로타페라타에서도 인기 있는 레스토랑에 갔다. 닭고기와 파프리카 토마토소스 조림, 흑후추 파스타, 가게가 추천하는 메뉴 등등 요리를 맛나게 즐겼고 아주 만족스러웠다. 식사를 마친 뒤 계산하려고 나는 당연하게 신용카드를 꺼냈다.

그러자, 계산원이 자기 가게에서는 신용카드를 취급하지 않는단다. 친구들에게 대접한다고 했으니 당연히 계산을 대신하라고 할 수도 없어서 가게 근처에 은행은 없을까 잠시 생각하고 있던 순간, 점장이 다가왔다.

"당신은, 또 여기로 올 테지요? 그때 함께 계산하면 됩니다"라며 웃는 얼굴로 아주 친절하게 말했다.

"나는 도쿄에서 와서 다음에 또 올 기회가 없을지도

몰라서요······."

"그래도, 언젠가 또 로마에 오겠지요. 급하게 서두를 것 하나 없어요. 그때 가서 같이 계산하지요. 다시 이곳을 방문해 주시기를 기대하고 있겠습니다"라고 또 웃는 얼굴로 말했다.

"꼭, 반드시 오겠습니다. 꼭!"

나도 그의 선의에 부응하듯이 밝게 대답했다. 그리고 이 대범함, 이 친절함, 이것이 이탈리아 스타일이라고 감격하며 깊은 감사의 마음을 품고 송구스럽지만 자리를 떴다.

하늘 길 여행

마음은 봄이로세

선량한 사람

旅の空心に春や善意の人

'어서 빨리 그 레스토랑에 가야 할 텐데'라며 항상 마음 한편에 남아 있는데, 시간을 그렇게 흘러 그와의 약속은 지키지도 못한 채 오늘에 이르고 말았다. 솔직히 말해서, 이렇게 글을 쓰면서도 지배인의 호의에 제대로 응답

하지 못했다는 생각에 죄의식을 느낀다. '다음 번 여행에는 반드시 방문할게요!' 그렇게 자신에게 맹세하며, 그 후 몇 번이나 이탈리아에 갔지만 시간적인 제약이나 방향이 달라서 이 약속을 아직도 지키지 못했다. 이런 이야기를 반복한다고 해서 변명이 되지는 않는다. 나는 얼마나 죄 많은 사람인가라고 지금 이 순간에도 부끄럽다. 그래도 언젠가 반드시 기회가 올 것이라고 믿는다.

여행길에서

빌리는 것도 사랑

봄이 저무네

旅の途借りるも愛や春暮るる

● 북유럽 툰드라
유럽 여행은 북유럽만 돌더라도 비행 시간이 10시간 이상 걸린다. 때때로 비행기 뒷좌석에 가서, 눈 아래 펼쳐진 풍경을 바라보게 된다. 툰드라 지대가 이어지는데, 마치 세상 끝까지 이어질 것만 같다. 꽁꽁 얼어붙는 추위를 상상하면 나도 모르게 등골이 오싹해진다. 계절은 도

대체 어떻게 되어 버린 것일까? 여기에도 삶을 살아가는 사람이 있다고 들었다. 봄을 맞으면 아름다운 꽃도 피겠지? 엄청난 폭풍우는? 사계절은 순환하는 것일까? 이런 상상을 하면, 지구에 이렇게 다양성을 주신 위대한 존재에 무심결에 기도하지 않을 수 없다.

툰드라를

횡단하는 비행이여

지구의 겨울

ツンドラを横切る飛行や地球の冬

● 러시아 자작나무 길

러시아 여행을 상상해 보면 톨스토이, 도스토옙스키, 고리키, 에르미타주 미술관, 운하, 정치, 혁명, 분수, 끝없이 이어지는 자작나무, 지주들의 착취, 초대륙 특유의 발상, 차창의 풍경과 같은 이미지가 연쇄적으로 이어진다. 정치와 경제가 잘 돌아간다면, 얼마나 풍요로운 나라일까? 백계 러시아인 여성들은 너무나 아름다워서 길거리, 호텔 로비, 레스토랑에서 무심결에 넋을 놓고 쳐다보게 된다. 나의 러시아 체험은 세 번에 불과하지만, 언젠가는 끝없이 이어지는 자작나무 길을 걷고 있을 거라는 꿈을 꾼다.

나는 도대체 누구인가? 어째서 나는 여기에 있는가? 거기에는 시간도 장소도 인간마저도, 모든 것이 신의 손바닥 안에 있는 듯하다. 아니, 그것은 환상이 아니라 오히려 진실과 만나고 있다고 느낀다. 러시아 여행을 반추하고 있으면, 사무칠 정도로 로망에 젖는다.

자작나무여

끝도 없는 눈길로

이어져 있네

白樺や雪路の果てへ続きをり

크렘린은

환상적 풍경으로

눈보라치네

クレムリンは幻想の景して吹雪をり

● 러시아 상트페테르부르크

상트페테르부르크. 핀란드만을 앞에 둔 바로 그 장소에 멈춰 섰을 때 느낀 감동은 지금도 잊을 수 없다. 일부러 이 땅을 골라 광대한 습지를 도시로 만들어 수도로 삼은 그들의 용기! 로망! 그 장본인인 표트르 대제의 여름 궁전도 경탄하며 감동했다. 아름다운 분수, 다양함, 전체의 구조, 스케일에 경탄했다. 인간의 정열, 지혜와 행동력이라면 도저히 불가능한 것이라도 실현해 낼 수 있네! 이 땅을 개척한 사람들의 정신이 아직도 여기에서 숨 쉬고 있음에 새삼스러웠다. 바이킹, 한자 동맹, 발트해, 상상 속에서는 끝 간 곳 모르는 여행을 하고 있었다.

표트르 궁전

분수 각양각색의

떨리는 울림

ビョートル宮噴水さまざま響き合ひ

● 오스트리아 잘츠부르크

잘츠부르크 모차르트 거리를 걸으면, 종소리가 부드럽

게 울려 퍼진다. 여기에는 무엇보다도 유명한 세계적인 음악 축제가 있다. 빈 필하모니를 시작으로 세계의 탑 오케스트라, 솔리스트들이 모이고, 오페라계의 대스타들이 모이며, 세계 최고의 음악 축제가 펼쳐진다. 연극도 커다란 비중을 차지하는데, 축제 공연이란 의미가 크다.

이 타이밍에 잘츠부르크 거리를 걷노라면, 거리가 마치 살롱과 같은 분위기이다. 걸프전이 발발한 1990년 여름에도 나는 여기를 방문했다.

그때는 역시 전쟁의 영향으로 거리가 텅 비어서 구멍이 뻥 뚫린 것 같은 인상을 받았다. 평소라면 엄청나게 공들여야만 손에 넣을 티켓도 손쉽게 구할 수 있었지만, 역시 상당수가 관객 부족으로 문을 닫았다. 그중에서도 문을 열고 공연하는 곳이 있어 들어가 관람해 봐도 어딘가 부족하다는 인상을 지울 수 없었다.

축제와 음악제는 무엇보다 평화가 있어야만, 그리고 당연하지만 관객이 모여야 비로소 성립됨을 마음 깊이 새겼다.

뮤지컬 영화의 걸작 〈사운드 오브 뮤직〉도 여기에서 제작된 지 벌써 50년이 넘었다고 한다. 명작의 여주인공

마리아는 줄리 앤드루스가 연기했다. 그녀가 가장 좋아하는 노래는 〈에델바이스〉라고 한다.

이 뮤지컬 영화의 걸작 〈사운드 오브 뮤직〉의 촬영이 여기 잘츠부르크에서 이루어졌기에 모차르트와 어깨를 겨룰 명소가 되었고, 커다란 관광 자원으로 나라 살림에 보탬이 된다고 한다. 반세기라는 세월이 흘러도 진짜의 광채는 절대 풍화하지 않고 광채를 더하고 있음을 증명하지 않는가. 대단하다. 연기하는 아이들, 아름다운 풍경, 훌륭한 음악. 인생의 즐거움과 애정의 소중함을 멋지게 표현한 이 영화는 그 시절의 팬부터 그들의 손주 세대까지 미래로 계속해서 이어질 것이다.

봄의 종소리

모차르트 거리를

달려 나가네

春鐘やモーツァルト通り駆け抜けり

하이쿠로만 남은

여행 조각들

밀레니엄에 평화의 이야기꾼 전 세계에서
聖年や平和の語りべ世界から

베네치아여 목소리 쉬어 버린 가을 카니발
ヴェネチアや声を涸らして秋祭

바닷바람이여 보름달 떠 있는 지중해 (시실리)
潮風や満月浮きをる地中海

눈 녹아내린 푸른 요정일런가 피요르드 (노르웨이)
雪解けの蒼き精かなフィヨルド

하지 축제에 맞춰 탐펠레 친구 찾아갔나니 (핀란드)
夏至祭に合ねせてタンペラ友訪へり

탐펠레 호수 북적북적 붐비는 백야이런가 (핀란드)
タンペラの湖の賑わい白夜かな

하지 카니발 섬마다 앞 다투어 모닥불 경연 (핀란드)
夏至祭の焚き火競ひて島ごとに

얼음이 녹은 호수 하얀 돛이여 나비 같구나 (스웨덴)
凍て解けの湖の白帆や蝶のごと

한자 동맹 발트해 파도에 그 흔적 남아 (독일)
ハンザ同盟バルトの波に名残り見え

석남화 핀 샘을 빠져나와서 기차로 여행 (독일)
しゃくなげの泉を抜けて汽車の旅

북녘의 여름 갈매기 난무하는 거리에서 (스코틀랜드)
北の夏カモメ飛び交う街に居て

보리 이삭도 양떼 무리도 모두 하나의 시야 (스코틀랜드)
麦の穂も羊の群れも一つ視野

호박 덩굴이 구부렁구부렁 길을 이끄네 (스코틀랜드)
かぼちゃ蔓うねりうねりて道標

떼를 지은 소 목장의 민들레 울타리 넘네 (스코틀랜드)
牛群れて牧のたんぽぽ柵越ゆる

한니발이여 역사의 무게 안고 한 해가 간다 (튀니지)

ハンニバルや歴史の重み年暮るる

겨울 하늘 튀니지 블루의 깊이이런가 (튀니지)

冬の空チュニジアブルーの深きかな

아지랑이를 좇아서 추월하는 한 줄기 외길 (미국)

陽炎を追いて越す一本道

뭉게구름이 사막에 명화를 그리고 있네 (미국)

入道雲砂漠に名画描きをり

아침 　노을이여 그랜드 캐니언의 변화무쌍한 (미국)

朝焼けやグランドキャニオンの七変化

간헐 온천이 여름 구름에 닿는 옐로스톤 (미국)

夏雲へ間欠泉届くイエローストーン

이른 봄이여 빌딩과 빌딩 사이 NY 참새 (미국)

春浅やビルの谷間のNY雀

헤밍웨이의 낭만 껴안은 채로 파도 드높네 (키웨스트)
ヘミングウェイのロマン抱いて波高し

죽은 남편과 게바라를 논했던 날들의 열정 (볼리비아)
亡夫とゲバラ語りし日の熱き

하늘은 높고 나는 마추픽추의 한가운데에 (페루)
天高く吾マチュピチュのど真ん中に

아침저녁으로 꽃에 취해서 들뜬 나의 계절
朝な夕な花にうかれて吾が季節

꽃구경에 지쳐 와인 병마개조차 따기 어렵고
花疲れワインの栓の抜き難く

꽃 그림자를 밟고 가는 사람아 바람 스친다
花の影踏み往く人や風透る

변재천님에게 양산을 씌우는 미녀 벚나무
弁天に天蓋なせる美女桜

나비처럼 바람에 흩날리는 꽃산딸나무

蝶のごと風に舞い散る花水木

여름이구나 후지산이 터얼썩 구름을 탄다

夏めくや富士どっかりと雲にのる

후지산 맑아 왠지 예감이 좋은 기차 여행

富士冴えてさいさき嬉し汽車の旅

후지산 흐려져 등불을 밝히누나 시미즈 항구

富士うすれ灯り点るや清水港

바람 불어도 그쳐도 또한 좋아 어린 단풍아

風吹きも止むもまたよし若楓

배 밭 저녁 어스름 지는 꽃등불이여

梨畑夕暮れなずむ花明かり

한 송이 피고 한 송이 떨어져서 이륜초인가

一輪咲き一輪落として二輪草かな

가을 국화꽃 피는 골목 느긋한 고양이의 길
秋明菊咲く路地閑か猫の道

숨이 차도록 남자 고개 이르러 매화꽃 향기
息切らせ男坂來て梅匂ふ

알 밴 대구의 배를 만져 보고는 샀구나
子持ち鱈腹をなでられ買はれけり

지난해 올해 장미꽃 한 송이를 친구로 삼아
去年今年薔薇一輪を友として

큰 백자기에 홍시 겨울 햇빛이 가득하구나
大白磁熟柿と冬陽盛られけり

눈이 소복한 소나무의 자태가 화려하구나
雪載せて松の姿の華やげり

246

맺는말

세계의 여러 나라를 다녀서인지 어느 나라가 가장 좋았냐는 질문을 자주 받는다. 생각건대, 이 나라가 좋고 저 나라는 싫어, 이런 감정이 든 적은 없다. 그것보다 여기서 또 어떤 멋진 만남이 이뤄질까? 늘 호기심이 발동했다.

처음 방문하는 나라라도 그곳 사람들과 친해지는 일이 나의 여행 스타일이다. 되도록 버스나 일반 열차, 지하철을 탔고, 먼 곳으로 이동해야 하면 야간열차의 침대칸을 이용했다. 현지인들의 생활 노선에 닿아 있는 교통편을 타고 밖의 풍경을 찬찬히 살피는 것도 행복이었다. 인생이란 흐르는 시간에 몸을 맡길 수밖에 없으니.

여름날 하늘

신비한 만남이여

이국을 간다

夏の天出會いの不思議や異國往く

　내 나라 한국에서 책을 출판하게 되어 무척 기쁘다. 나는 일본에서《이냐시오의 종(イグナチオの鐘)》,《아시시의 종(アッシジの鐘)》이란 제목으로 책 두 권을 출간했다.《이냐시오의 종》은 전쟁 당시 쓰던 무기를 녹여 만든 '이냐시오 종'에서 울리는 평화의 종소리를 모티브로 삼아 쓴 책이고,《아시시의 종》은 세계 여러 곳을 여행하면서 조각조각 남겨 두었던 하이쿠들을 단초로 한 책이다. 이번 한글 번역 책은《아시시의 종》의 원고를 새로 정리하고 이야기를 더 넣어서 보완했다.

　칠십 년 가까이를 일본에서 생활하다 보니 우리 글로 책을 쓰는 게 소원이었지만 언감생심이었다. 다행히 영화감독인 조카의 덕을 톡톡히 봤다. 한국에서 책 내고 싶다는 소원이 무르익을 무렵, 조카는 한국과 일본이 공동으로 투자하는 합작 영화를 만들어 보겠다고 도쿄 집에 자주 들렀다. 내 소망을 알아들은 조카가, 나와 반대로 일본 사람이지만 한국에서 오래 살고 한국말을 잘하는 영화 프로듀서 츠치다 마키를 소개해 주었고, 그에게 번역을 부탁하면서 이렇듯 출판까지 성사가 되었다.

그래서 이 책은 재밌게도 한국 사람인 저자가 일본글로 쓴 에세이를 일본 사람인 옮긴이가 한글로 번역한 책이 되었다. 이 자리를 빌어서 츠치다 마키에게 감사의 인사를 드린다.

한국 출판사와 일본에 사는 저자 사이를 오가며 내 원고의 갈피를 잡고, 자료를 더하고, 세심하게 글을 다듬고 나아가 삽화까지 그려 준 조카딸 윤재연 감독에게 고맙다는 인사를 전한다.

또 하이쿠 번역을 꼼꼼하게 감수해 준 상지대학교 송병권 교수와 한신대학교 오미정 교수가 들인 정성에 감사하다. 원고 초고가 나온 이후 갑자기 불어닥친 코로나 대유행으로 한국과 일본 간에 오갈 길이 끊겨서 출간에 차질이 생겼지만, 마침내 무사히 책을 출판해 준 평사리 출판사 분들에게도 감사를 전한다.

아무쪼록 이 책이 또 누군가에게 위로가 되고 도움이

되고 감사할 일이 된다면 더 바랄 게 없겠다.

　내가 마음을 다하여 지혜를 알고자 하며 세상에서 하는 노고를 보고자 하는 동시에 (밤낮으로 자지 못하는 자도 있도 다) 하나님의 모든 행사를 살펴보니 해 아래서 하시는 일을 사람이 능히 깨달을 수 없도다. 사람이 아무리 애써 궁구할 지라도 능히 깨닫지 못하나니 비록 지혜자가 아노라 할지 라도 능히 깨닫지 못하리로다. (전도서 8:16-17)